後宮異能妃のなりゆき婚姻譚
～皇帝の心の声は甘すぎる～

及川桜

STARTS
スターツ出版株式会社

目次

後宮異能妃のなりゆき婚姻譚

～皇帝の心の声は甘すぎる～

序章

今となっては夢物語のようであるが、天陽大陸《てんようたいりく》はひとつの大きな国であった。

天地万物を尊び、国を憂い、民を愛した初代国王徽鄭《きてい》。

河川の氾濫により、国が三つに分裂し、それぞれに皇帝が君臨するようになった今でも、徽鄭の功績は世に受け継がれている。

天江国《てんこうこく》、天河国《てんがこく》、天淮国《てんじゅんこく》、陰謀と策略と戦で混沌とする情勢の中、夜明けの輝きのように大陸に安穏と平和をもたらす男が現れた。

後に徽鄭の再来といわれ、伝説となる天江国皇帝、曙光《しょこう》。

彼は言う、「歴史の陰に賢妻あり」

曙光皇帝に生涯愛され、彼を支えた賢妻、朱熹《しゅき》。

これは、伝記にはひっそりと名前だけが載っているが多くは語られなかった、ひとりの女性の物語である。

皇帝は罪人に求婚する

黒塗りの煉瓦《れんが》で造られた分厚い壁に囲まれた牢獄は、まるで地下洞窟の中にいるように、閉鎖的で冷たかった。

牢獄の広さは四平米ほどで、立ち上がると頭をぶつけてしまうくらい天井が低い。囚人は頭を上げてはいけないのだろう。

黒牢と呼ばれる死刑囚用の部屋の中は恐ろしいほど暗く、鉄柵の外から入り込むわずかな蝋燭《ろうそく》の明かりだけが頼りだった。

（……どうしてこんなことに）

罪なき囚人、李《り》朱熹は、薄桃色の唇から絶望のため息を漏らした。

齢《よわい》十八の若さで、夫がおらぬどころか恋の喜びも知らぬまま、命を終えようとしている。

美人といわずとも、白く美しい陶器肌に小瓜型の面立ち。凛《りん》とした黒眉からは彼女の芯の強さと聡明さが垣間見られる。

数多《あまた》の男たちから求婚されるような秀でたところはなくとも、婚姻に差し障るようなあらはない。むしろ、働き者で朗らかな彼女の気風は、見かけを重視する年頃の若い男よりも、ぜひ息子の嫁にと所望する姑世代の女性たちからの圧倒的な支持を誇る。

未来は希望で満ちていたはずの彼女の命は、いわれなき罪状によって事切れようとしている。

人命を救うために、彼女は危険を冒し、そして罪を着せられた。だが彼女は、自分のしたことを悔いてはいなかった。

（救った相手が皇帝陛下ですもの、誇ることはあっても恥じることはいっさいないわ）

彼女は、言い逃れも、嘘も、そして真実でさえも口にせず、自らの秘密を内に抱えたまま死を迎える覚悟を決めていた。

（せめて最後、私の作った餡餅《シャーピン》を陛下に召し上がっていただきたかった……）

彼女はまぶたに力を込めて目をつむり、再び絶望のため息を漏らす。死を受け入れたとはいえ、怖くないわけではなかった。体の芯から湧き上がる震えを、抑えるので精いっぱいだ。

分厚い煉瓦の壁に囲まれているとはいえ、物音ひとつしない暗闇の静寂は不気味だった。

彼女以外に人の気配がまるでしない。ほかの囚人や看守はどこにいるのだろうか。

冷たく暗い檻の中で、囚《とら》われてから十時間以上は経過している。外はもう、夜だろうか、それとも夜が明ける時間だろうか。窓ひとつない牢獄の中からは、時間を推し量ることさえできない。

自らの吐息しか聞こえぬ静けさの中、突如、コツ、コツ、コツ、と歩いてくる靴の音が耳に届く。

音を聞く限り、ひとりであろう。であれば、看守だろうか。

刑を執行しに来たのかもしれない。朱熹は恐ろしさに身震いした。

彼女が着せられた罪は、皇帝の暗殺未遂である。どれほど残忍な方法で殺されるのか、想像したくもない。

靴の音は、朱熹の檻の前に来ると止まった。

檻の前にいる人物は、なめらかな絹で作られた、見るからに上等な黒色の漢服に身を包み、手には小さな手燭《てしょく》を持っている。

牢獄の高さが、彼の胸あたりまでしかないので、顔は見えなかった。

衣を見る限り、看守ではなさそうだ。では、誰が……。

固唾《かたず》をのんで、男を見ていると、彼はすっと腰を下ろした。手燭に灯された男の顔を見て、朱熹は驚きの声を押し殺すように両手で口を塞《ふさ》いだ。

迂闊《うかつ》に声を漏らすことですら恐れ多い。朱熹の目の前にいたのは、紛れもない皇帝陛下であった。

慌てて座り直し、頭を床につける。

（陛下に断りもなくお顔を直視してしまった！　なんという失礼なことを！）

「よいのだ、頭を上げよ。むしろ、頭を下げるべきは俺の方だ」

「め、めっそうもございません……！」

身にあまるお言葉をかけられ、頭を上げることができなかった。

陛下直々に赴いていらっしゃった。そして、お優しいお言葉をかけてくださった。

（これは、疑いが晴れたと思っていいのかしら……？）

おずおずと頭を上げ、探るように皇帝陛下の顔を見上げる。

天江国皇帝、曙光。

麗しく威厳に満ちたその顔は、数時間前に初めて拝見した時となんら変わりはなかった。

真一文字に結んだ唇。凛々《りり》しい眉毛にすっと伸びた高い鼻。青紫色の切れ長の瞳は涼やかで、整った精悍《せいかん》な面立ち。琥珀《こはく》色のやわらかな長い髪の毛は、うなじの下で緩やかにひとつにまとめられている。

禁軍大将とも互角に渡り合える剣の腕前といわれているだけあって、漢服を着ていても鍛え抜かれた体であることがわかる。

眉ひとつ動かぬ冷静な眼差しは、冷徹で厳格な印象を見る者に与える。二十三歳という若さでありながら、とても落ち着いて見えるのは、気品と貫禄ある風格のせいだろう。

（なにを考えていらっしゃるのかさっぱりわからないわ）

人の心が〝わかりすぎてしまう〟朱熹にとって、曙光の感情に乏しい顔立ちは苦手だった。

曙光は表情をいっさい変えることなく口を開いた。

「李朱熹、そなたのことは調べさせてもらった。そのため、長い時間牢に監禁しておくことになってしまいすまなかった」

皇帝陛下直々に謝辞を口にされ面食らう。しかし、表情だけでなく言葉からもいっさい人間らしい温かみを感じることができず、まるで人形が話しているようで心に響いてこなかった。

「此度《こたび》の一件、そなたがまったく関係のないことはわかっていた。だがそれよりも重要なことを、そなたは隠している」

（皇帝陛下暗殺未遂事件よりも重要なこと？）

切羽詰まった真剣な眼差しは、怖いほどだった。

「私は、なにも隠してなどおりません」

「いや、隠しておる。ではなぜあの時、犯人がわかったのだ？」

「それは……」

まだ疑いは晴れていなかった。

（もしかしたら私が首謀者だと勘違いをなされているのかもしれない）

言葉を告げずにいると……。

「心の声が、聴こえるからであろう?」

皇帝陛下の予想外の言葉に、体から血の気がさっと引いた。

（なぜ、そのことを……）

決して知られてはいけない秘密。見破られることなどありえないと思っていた朱熹の能力を、曙光は見抜いていた。

真っ青になりながら、声を発することさえできずにいる朱熹に、曙光はたたみかけるように話を続ける。

「心の声が聴こえる一族は、初代国王徽鄭の時代から代々皇族に仕えていた。その特殊な能力上、ほかに知られては効果を発揮できぬゆえ、皇族以外知る者はいない。しかし、三十年前にその一族は忽然《こつぜん》と姿を消した。その後どんなに捜しても見つけることはできなかった」

曙光の話す内容は朱熹にとって寝耳に水だった。

……皇族に仕えていた？　そんなこと一度も聞いたことがなかった。

驚いている様子の朱熹に、曙光は本題を告げる。

「俺は、ずっとそなたを捜していた。どうだ、再び宮廷に仕えぬか？　最高の待遇を約束しよう」

「……再びとおっしゃいましても、私の一族が皇族に仕えていたことなど初めて聞きました。私はなにも知らないのです。お役に立てることなどありません」

皇帝陛下の申し出を断るなど、本来あってはいけないことだ。だが、できることとできないことがある。朱熹は毅然とした態度で辞退した。

「そうか、ならば仕方がない。そなたは俺の暗殺未遂に関わった罪に問われることとなり、そなたの働いていた店で働く従業員もろとも死罪となろう」

「そんなっ！　なぜです、彼らは関係ないでしょう！」

朱熹は身を乗り出し、牢獄の鉄柵を掴んだ。

「そなたと懇意にしている者も等しく怪しいと思うのは当然であろう」

曙光は、美しく整った顔立ちを崩すことなく、淡々と冷酷な宣告をする。

「陛下……、それはあんまりです……」

鉄柵に額をつけ、うなだれながら恨み言をこぼす。

（私には、拒否権などない……）

そんなあらがいようのない事実が重くのしかかる。

「朱熹、あらためてもう一度聞く。俺に仕えよ」

聞くと言いながら、仕えよと命令する。

そう、これは命令なのだ。拒むことは許されない皇帝勅命《ちょくめい》。

「……はい、謹《つつし》んでお受けいたします」

朱熹の言葉に、曙光は今日初めて、うっすらと口もとに笑みを浮かべた。

「それでは、正式に勅命を言い渡す。朱熹は、本日より皇后となる」

(……こうごう？)

果たしてそんな務めはあっただろうかと頭を巡らす。

侍女、女官、女孺《じょじゅ》、雑仕《ぞうし》……宮中で働く女性の役職を思い浮かべてみたが、〝こうごう〟などという役職はなかった気がする。

ぽかんとした様子で曙光を見上げる朱熹に、怪訝《けげん》な眼差しが見つめ返す。

「俺の妃は不服か？　だがこれ以上の高位はない」

曙光の言葉に、朱熹はハッとした。

(妃……、こうごう……皇后だわ！)

「ええっ！」

皇帝陛下の御前だというのに、思わずはしたない声が出た。

けれど、恥ずかしいとか、申し訳ないとか、本来浮かんでくるはずの感情が出てくる余裕などなかった。

なにしろ、皇后である。

皇帝の正妻。それは、皇帝と結婚するという意味だ。

たとえ最高の待遇と言われても、〝仕えること〟と〝結婚すること〟では、まったく意味が違ってくる。

しかし、曙光はそうは考えていないらしい。皇后は女性にとって最高位の官職であり、当然朱熹は喜ぶと思っていたため、想定外の反応に戸惑っているのが見て取れる。

（これって、喜ぶべきところ⁉）

なぜうれしそうな顔をしないのだろうと不服そうな顔で朱熹を見る曙光。

能面のように感情を表に出さない男だが、今の曙光の気持ちは雰囲気から十分察することができた。

断っていいだろうか……。いや、断れるはずがない。でも、こんな勅命、おかしすぎる。

言い知れぬ気まずい雰囲気がふたりの間を流れていたのだった。

出会いと毒

「高菜《たかな》餡餅三個と肉汁餡餅二個ね、はい、お待ち！」

頭に巻いた三角巾《さんかくきん》がやけに似合っている朱熹の威勢のいい声が店内に響き渡った。

活気のある店内には、肉や野菜を蒸した食欲をそそられる匂いがふんわりと漂っている。

天江国の首都、高蘭《こうらん》の大通りには三千を超える店が軒を連ねている。赤、緑、黄の色鮮やかな石畳の道が続く大路には、甘辛いタレが絡んだイナゴの串焼きや、海老やザリガニの素揚げ、砂糖で煮つめた甘いイモの蜜地瓜《ミーディーグア》など、所狭しと露店が並んでいる。

その中でも、朱熹が働いている餡餅屋は大人気で、いつも行列ができているちょっとした有名店だ。

店内は調理する場所しかなく、お客は勘定台から商品を受け取る。店で働くのは老夫婦と朱熹の三人だけ。

とても小さな店なのだが、大層おいしいと評判となり、今では地方からもわざわざお客が訪れるほどの人気店となっている。

『あー、早く食べたい』

『ここの餡餅は最高なのよね』

朱熹には、黙って順番を待っているお客たちの声が聴こえる。

（そうよ、うちの餡餅は最高なんだから）

朱熹は心の中で彼らの声に返答する。

「はい、お待たせしました！」

二十歳前後と思われるひとりの男性客に餡餅を手渡すと、彼はじっと朱熹を見つめた。

（え……なにかしら）

『……もうちょっと鼻が高ければ好みなんだけどな』

「悪かったわね、団子鼻で」

「えっ⁉」

思わず口に出てしまった言葉に、しまった！　と焦りが顔に出る。

しかし、朱熹よりも驚いているのは青年の方だ。

声に出したつもりはないのに、返答された。しかも本人には聞かれたくない言葉に対する返事だ。

「え……あの……」

うろたえる青年に、朱熹はニコリと笑顔を向けた。

「ありがとうございましたー」

まるで、自分はなにも言っていないかのように振る舞い、そして次のお客の注文を聞く。

首をかしげながら店を後にする青年のうしろ姿を見ながら、朱熹はフーとため息を吐《つ》いた。

（いけない、つい口に出ちゃった）

朱熹は生まれた時から、人の心の声が聴こえた。これが普通ではないとわかったのは物心がつき始めた五歳くらいからだっただろうか。

朱熹の特殊な能力に気がついた両親は、絶対にこのことを誰にも言ってはいけないと固く言い聞かせた。

朱熹の両親には特殊な能力はなかったけれど、朱熹の力に特別驚くことも気味悪く思うこともなかった。

『朱熹は朱熹、私たちの宝物』

両親の心の声は、他人と違うことに怯《おび》える朱熹の不安をいつでも取り去ってくれた。

不思議なことに、両親の心の声は普段あまり聴こえなかったのだけれど、たまに聴こえるその本音はとても温かいものだった。

そんな両親は、朱熹が十三歳の時、天江国南部で起きた未曾有《みぞう》の大災害に巻き込まれて亡くなった。

たまたま仕事の都合で南部に出かけていた時に大嵐が起こったのだ。河川が氾濫し、その災害で一万人以上の犠牲者が出た。

朱熹の両親はとても優しかった。けれど、躾《しつけ》にはとことん厳しかった。ただの平民にもかかわらず、朱熹に学問を教え、礼儀を徹底的に仕込んだ。

どこに出しても恥ずかしくない娘にする、というのが両親の信条で、おかげで朱熹は良家の令嬢、いやそれ以上の知識と教養を持つに至った。

朱熹をよく知る幼なじみや近所の人たちからは、後宮の女官になったらどうかとさんざん言われてきたが、朱熹は首を横に振るばかりだった。

(後宮なんて私にとっては監獄のようなところだわ。私はこうして好きな餡餅を作って、おいしいと思ってもらえることがなによりうれしいもの)

朱熹の両親も、宮廷を毛嫌いしている節があって、それも少なからず影響しているのかもしれない。

身寄りのなかった朱熹は、両親と親交の深かった老夫婦に引き取られ今に至るが、朱熹は今の生活に十分満足していた。

店の戸締りをして、あまった材料で簡単な夕食を食べていた時、役人が訪問してきた。店の主人が対応している中、朱熹と奥さんはたいして気に留めることなく夕食を食べ続けていた。

「た、大変だ！」

役人と話し終えた主人は、書状を握りしめながら血相を変えて戻ってきた。

「どうしたんですか、おじいさん」

奥さんは、いつものおっとりとした様子で問いかける。

朱熹は何事が起こったのかと、目を見開きながら主人を見つめた。心の声は『大変だ、大変だ』しか言っていない。

「う、う、う、うちの餡餅を、皇帝陛下に献上することになった」

「えええええ！」

朱熹と奥さんは同時に声をあげた。

「ど、どういうことですか!? その書状、見せてもらってもいいですか!?」

主人から書状を受け取り、目を通す。そこにはたしかに、皇帝陛下に献上するようにとのお達しが記載されていた。

「うちの餡餅はとてもうまいと宮廷の高官が陛下に言ったらしいのだ。それをお聞きになった陛下がぜひ食べてみたいと興味を示されたらしい。こんな名誉なことがわしの生きているうちに起ころうとは。長生きするもんだな、ばあさん」

「本当に……」

主人と奥さんは目に涙を浮かべて喜んでいる。

数多ある高蘭の小さな店で作っている食べ物が、皇帝陛下に召し上がっていただけるなんて夢のような話だ。

朱熹もこの最大の誉れに感動していたが、書状をすべて読み終えた今、手放しでは喜べなかった。

「皇帝陛下に直接お目通りをして餡餅を献上するようにと書かれていますが……」

このこともまた、最大の名誉である。陛下に直接お会いする機会など、一介の平民が持てるはずがない。

けれど、宮廷のしきたりや礼儀などまるで知らない年老いたふたりに、皇帝陛下にお目通りするという大役が果たしてこなせるのだろうか。ふたりが極度の緊張でうろたえ、失敗してしまう姿が容易に想像できた。

朱熹の不安そうな声に、主人と奥さんは顔を見合わせ、そして意味ありげに微笑んだ。

「そりゃあ、もちろん、宮廷に行って直接陛下に我が餡餅を届けるのは朱熹の役目だよ」

主人は当然のように言った。

「えっ！　私ですか!?」

「私らがそんなお役目務まるわけがないでしょう。もう年だから宮廷まで歩くのも大儀だし、礼の仕方もわからない。その点、朱熹に任せれば安心だ。朱熹はどこに出しても恥ずかしくない、私らの自慢の娘だよ」

奥さんは、とてもにこやかな笑顔で言った。

血のつながりなどない朱熹を、心から大切に思い娘だと言ってくれる。老夫婦には子供ができなかったから、朱熹がかわいくて仕方ないのだ。

そんなふうに心優しい言葉を投げかけられたら、断ることなんてできない。それに実際、老夫婦が宮廷に行くことは体力的、精神的にもきついだろう。年若く元気な朱熹が行くのが誰が考えても最善策だ。

（でも、皇帝陛下に直接お会いするなんて……。後宮の女官でも滅多に拝見できないと聞いたわ。とにかく、絶対に粗相をしないようにしなくては）

最大の名誉に浮かれるよりも、重圧の方が大きかった。

でも、うちの餡餅は天江国一おいしいという自負がある。そのおいしい餡餅を皇帝陛下に召し上がっていただきたい。

その思いもまた強いのであった。

迫力のある龍の彫刻が施されている大門をくぐると、そこはまるで城郭都市のようだった。

案内役の官吏《かんり》のうしろを歩きながら、初めて見る宮廷の立派さにただただ呆気に取られる。

広大な城壁に囲まれた内城は、御街《ぎょがい》と呼ばれる城内大道に沿っていくつもの官衙《かんが》が軒を連ねている。

道中、曲線を描く太鼓橋《たいこばし》や、回廊《かいろう》でつながれた小離宮《しょうりきゅう》を横目で眺めながら大路を歩き、宮廷の中央部にある皇城までたどり着くのに一時間はかかった。

皇城はまさに皇帝の権力を象徴するように、豪華絢爛、贅を尽くした巨大な宮殿であった。白塗りの壁に、色鮮やかな朱色の柱。瑠璃瓦《るりがわら》の光沢が見事な屋根には、五《ご》爪《そう》の龍が型押しされている。

（こんなところに人が住んでいるなんて信じられないわ。皇帝陛下とはどのようなお方なのだろう）

皇城内にも道があり別邸も数えきれないほどある。回廊を渡り、いくつもの大庭園を横目に見ながら、ようやく謁見《えっけん》の間へとたどり着いた。

持参した餡餅を毒見のために官吏に渡し、謁見の間へと入る。

室内は数百人が入れるほど広く、天井近くには花鳥の欄間が設けられ、床は艶めく高級木材が使用され、下座から下級官吏、武官《ぶかん》、文官、官僚といった順に壁に沿って並んでいる。

そして上座には、一段高くなっている場所に紅の絨毯《じゅうたん》が敷かれ、中央には威風《いふう》堂々《どうどう》と玉座が置かれていた。

鳳凰《ほうおう》の文様《もんよう》を浮かび上がらせたすかし彫りの大きな背板に、紫檀《したん》の手すりには細部に金銀をあしらい、豪奢《ごうしゃ》な造りはそこに座する者の威厳を象徴していた。

総勢二十人ほどはいるだろうか。男性しかいない場に、女ひとり、しかもなんの役職も持たないただの庶民がいることにひどく気づまりを感じた。

玉座にはまだ皇帝の姿はない。皆、神妙な面持ちで口を閉ざし、静粛な雰囲気が部屋を満たしている。

しかし、朱熹の耳には皆の心の声がはっきりと聴こえていた。

『餡餅、俺も食べたいな』

『ああ、座りたい。あくびが出ないように眉間に皺《しわ》を寄せておこう』

固い表情からは想像もつかないような、億劫《おっくう》そうな心の声に朱熹の緊張がほぐれる。

ただの小娘が餡餅を皇帝に献上するだけなのに召集され、心の中では面倒くさいと思っている人がほとんどなのだ。けれど、そんなことは顔には出せない。皇帝がお出ましになる場所には、どんな場面であっても厳戒態勢をしかなければいけないのだ。

「皇帝陛下が御会釈されます！」

玉座に一番近い、高級官僚と思われる臣下《しんか》が声をあげた。

途端に空気が張りつめ、皆が一様に膝をつき、頭を下げる。

朱熹も出入り口に一番近い下座で、壁に背を向け膝をつき、右手で左の拳《こぶし》を包み胸の前に掲げ、頭を下げた。

ゆっくりとした足取りの靴の音が聞こえ、そして止まった。ほどなくして、高級官僚の甲高い声が会場に響き渡る。

「餡餅職人、陛下の御前へ！」

（きた！）

朱熹は早鐘のように打ち鳴る胸の鼓動を抑えながら、大きく深呼吸をした。

（落ち着くのよ、優雅に、自信を持って）

母の教えを頭に浮かべる。膝から血が出るほど練習した最敬礼の所作を今こそ見せる時だ。

朱熹は、袖口に手を入れ、頭を下げたまま、膝立ちで進み出た。

膝立ちのまま歩くのは慣れていないと体が上下左右に動いてしまい、とてもみっともない。礼に慣れた人は、上半身を動かさず流れるように歩くことができる。この所作を習得するまでにかなり練習した。

今では誰よりも上手に膝立ちで進む自信がある。

『ほう、これはなかなか』

『ただの庶民がよくぞここまで』

謁見の間、中央部まで進み出て歩みを止める。

頭を下げながらも、空間を把握し適切な場所を見定めることも一朝一夕にはできない至難の技だ。

「頭を上げよ」

よく通る低い声だった。声音にさえ威厳が漂っている。

皇帝陛下の許しを得て、朱熹は拝礼をした後、ゆっくりと頭を上げた。

すぐに顔を見ては失礼にあたると母から教えられていたため、目線は下から徐々に上げていく。

玉座に腰掛けている皇帝陛下は、金糸の綴織《つづれおり》で五爪の龍の文様が織り込まれた膝蔽《ひざおおい》を垂らし、艶めくシルクの紅肩衣《かたぎぬ》を羽織っていた。

そして前後二十四旒《りゅう》の翡翠《ひすい》を連ねた冕冠《べんかん》をかぶっている尊顔は、息をのむほどに整っていた。

鋭い眼差しに、固く閉じられた薄い唇。

先代が早逝《そうせい》したため、若くして皇帝の座に就いた陛下の年齢は、たしか二十三歳。

朱熹よりも五歳年上とはいえ、威厳のある風格は、両脇に並んでいる年輩の官吏たちよりもはるかに勝っている。

圧倒的な存在感。彼の周囲にだけ、静謐《せいひつ》で厳かな風が吹いているようだった。

朱熹は、驚きの色を隠せず、ただただ呆然と見上げていた。

「名を申せ」

皇帝陛下から言われ、朱熹はハッとして身を固くする。

「李朱熹と申します」

朱熹の声も広い室内によく通った。

陛下を目の前にして萎縮する様子も見せず、堂々と名を告げたことに、皆から感嘆の心の声が漏れる。

しかし、陛下の心の声はまったく聴こえなかった。

射るような眼差しで朱熹を見下ろしている。どのような心境なのか、朱熹に対してどんな印象を持ったのか、顔の筋肉をまったく動かさない陛下の心の内を探ることは不可能に思えた。

「主の作る餡餅はとてもうまいと聞いたぞ」

「もったいなきお言葉です」

「持ってまいれ」

陛下のお言葉に、青花白磁《せいかはくじ》の高脚杯《こうきゃくはい》に載せられた餡餅を持った官吏が歩み出る。

餡餅は、毒見を済ませ、立派な杯《はい》に並べられている。

(豪奢なお皿に載っていると、いつも作っている餡餅がとても高級なものに見えるから不思議ね)

朱熹はすっかり感心しながら餡餅を見つめていた。

すると、どこからか不穏な心の声が耳に届いた。

『毒見しても無駄だ。なぜなら毒は皿についている』

(えっ……)

全身から一気に鳥肌が立った。

心の声は悪意に満ちたもので、冗談や戯言《たわごと》などでは決してない。

『食え。ひと口でも食えばたちまち毒は体に回り確実な死を迎えるだろう』

(待って！　嘘っ！)

皇帝陛下に捧げられようとしている餡餅は、全部で三個。いずれも皿に皮が面している。どれを食べても毒がついた餡餅となるのは避けられない。

運んでいる官吏が犯人ではない。声は朱熹のうしろから聴こえている。

『あと少しで、皇帝が死ぬ』

(駄目っ！)

朱熹は心の中で声を荒らげた。

ここで朱熹が餡餅を食べてはいけないと言ったらどうなるだろう。

なぜだと問いつめられる。毒が盛られているからと朱熹は答える。さすれば、なぜそれを知っていると言われるだろう。

心の声が聴こえたなんてそんな話、信じてもらえるわけがない。それに、亡くなった両親に、心の声が聴こえることは決して他言してはいけないと言われている。

(でも……でも……このままでは陛下が……)

陛下の前に青花白磁の高脚杯が置かれる。陛下はとても珍しそうに餡餅を見つめ、そしてひとつ手に取った。

このまま餡餅を食べれば陛下は死んでしまうだろう。そうしたら餡餅を作った朱熹が真っ先に疑われる。

言うも地獄、言わぬも地獄……。それならば……。

(私は、陛下を守るわ！)

「食べてはいけません！　陛下！」

朱熹の大きな声が室内に響き渡り、餡餅を食べようと口を開いていた陛下の動きが止まった。

ザワザワとどよめきが起こる。陛下は眉間に皺を寄せ、朱熹を見つめる。

「それには毒がついているからです。皿に毒が塗られています」

会場が混乱に沸いた。毒などという物騒な言葉に、整列が乱れる。

朱熹の言葉に、陛下は餡餅を皿に戻した。

「おい、女！　それは本当か！」

屈強そうな武官が朱熹に詰め寄る。

「本当でございます。今すぐお調べください」

「なぜ毒が皿についていることを知っている！　お前が塗ったのか！」

「いいえ、違います！」

朱熹は武官を真っ直ぐに見上げる。武官は腰の刀に手をかけ、いつでも鞘《さや》から抜き出せる準備をしていた。

様々な心の声が室内に響き渡る中、朱熹はおどろおどろしい先ほどの声を正確に聴き分けた。

『失敗だ、なんてことだ。早くここから逃げ出さなければ』

「お前じゃないのなら、毒を盛ったのは誰だ！」

武官は怒鳴った。

「それは……」

「……なぜだ？」

朱熹は混乱している官吏たちを見つめ、どこから声が聴こえるのか必死で探る。

『まずい、先ほど皿に塗った毒の残りが懐に入っている。これが見つかれば確実な証拠となるだろう』

皆が朱熹を見ている中、ひとりだけチラチラと出口を見ている男がいた。

黒い文官の礼服を着た、青白い顔をした男。懐を隠すように手を腰に回し、そわそわしている。

(間違いない、あの男だ!)

朱熹は、真っ直ぐに男を指さし、声を張り上げた。

「彼です! 懐に毒の残りを持っています!」

指さされた男は、慌てて逃げようとしたところを数人がかりで押さえられ、隠し持っていた袋を取り上げられた。

「ありました!」

官吏が袋を上に掲げ、声を出した。

「それを調べてください! 皿に塗られた毒と同じ毒が入っているはずです!」

無事に犯人が捕まり、朱熹はほっと安堵《あんど》した。緊迫していた雰囲気もいくぶん和らぐ。

しかしひとりだけ危急の様子を崩さない男がいた。玉座から立ち上がり、驚いた顔で朱熹を見つめる。

「……なぜ、犯人がわかった」

陛下の言葉に、皆がハッとして朱熹を見つめる。

「それは……」

朱熹は言葉に詰まり、目線を泳がせる。

(言えない……、このことは死んでも言うことはできない)

朱熹にとって亡くなった両親の教えは絶対だ。それに、言ったところで信じてもらえるわけがない。

それならば、秘密を胸に隠し、潔く死を受け入れた方がましだ。

「……この者を、捕らえよ」

静かに言い放たれた皇帝の勅命により、あっという間に朱熹は体を押さえられ、床に頭をつく形で固定された。

(仕方ないわ。こうなることはわかっていたもの……)

朱熹は死を覚悟して、ゆっくりとまぶたを落とした。

女たらしの秦明と謎の演奏者

朱熹は牢に閉じ込められ、そして皇帝から正妃にするという勅命が下った。その後、秘密裏に牢から出された朱熹は、山奥の寂れた一軒家に幽閉される。準備が整うまでと説明されるも、これからなにが起こるのか、本当に正妃になるのか不安な日々を過ごしていた。

幽閉されてから一週間ほどが経った頃、朱熹は再び秘密裏に移動することになった。日がとっぷりと暮れた不気味な空の下、小さな馬車に乗せられて宮廷を目指す。

（私はいったい、これからどうなるのかしら）

ザワザワとした嫌な胸騒ぎが押し寄せる。

細い車輪で砂利道を進んでいるため、誰かに肩を掴まれ揺さぶられているように激しく横に動いている。

運命の歯車は動き出した。朱熹はもう、逃げることさえ許されない。ただ、運命を受け入れるしかない。

宮廷を訪れた時に通った大門はくぐらずに、北西にある小さな門から宮廷へと入る。

朱熹を乗せた馬車は、宮廷の奥へと突き進み、一軒の邸宅の前で止まった。

すると邸宅の中から数人の女性が現れ、待ってましたとばかりに急いで朱熹を部屋へと案内する。

「疲れましたでしょう」と彼女たちはねぎらいの言葉をかけ、「本日はもうお休みになってください」と言って朱熹を寝室に連れていった。

彼女たちの心の声を聴くと、どうやら朱熹のことをどこかの令嬢だと勘違いしているようだ。

勘違いというか、嘘を教えられてそれを信じきっているといった方が正しいか。

彼女たちは後宮に勤める女官で、指令を受けてこの邸宅で朱熹の到着を待っていたらしい。

(こういう時、心の声が聴こえるというのはとても便利ね)

彼女たちに悪意がないとわかっているのといないのでは、気持ちの落ち着き度合いに差が出る。

とりあえず好意に甘えて、今日は寝るとしよう。

明日からとても忙しくなると彼女たちの心の声は言っていた。なにが起こるのかまではわからなかったけれど、とにかく休まなければ。

朱熹はベッドに仰向けになりながらまぶたを閉じた。目をつむると、まだ体が揺れているような感覚になってクラクラした。

不穏な胸騒ぎは一向に収まる気配を見せない。朱熹はその夜、ほとんど眠ることができなかった。

朝日が出て、女官たちが起き出し、一日が始まると、本当に目まぐるしいほど忙しかった。

女官たちは朱熹を湯屋に入れ念入りに洗うと、次は髪に香油をつけ櫛《くし》を通す作業を延々と続けた。

そして今まで見たこともない上質な絹素材でできた薄桃色の鮮やかな華服に着替えさせられ、濃すぎではないかと思われるほど白粉を顔に塗られ化粧を施された。

身支度だけで半日かかり、朱熹はもうクタクタだった。

「柴秦明《さいしんめい》様がいらっしゃいました」

部屋の外から女官の声が届く。

「柴秦明様？」

誰だろうと思い、朱熹のそばにいる女官にそれとなく聞くと、女官は冗談だと思ったらしく、笑いながら答えた。

「お兄様ですよ」

「え、誰の？」

朱熹が聞き返すと、女官はあからさまに不審な顔を朱熹に向けた。

『あなたに決まっているでしょう。どうしてこんなことをわたくしに聞くのかしら』

なんとなく、まずいと思った朱熹は女官から顔を背け、扉に向かって声をかけた。

「お兄様、待ってましたのよ。お通しして」

朱熹の言葉に、先ほどのやり取りはやはり冗談だったのかと女官は納得した。

（さっぱり意味がわからないけれど、ここはきっと合わせないといけない場面ね）

朱熹はドキドキしながら、兄という設定になっているらしい柴秦明を待った。

扉が開くと、青紫色の光沢ある練絹《ねりぎぬ》の上衣に藍《あい》色の帯、銀の生糸で織ったなめらかな深衣《しんい》に、長剣を腰に差した長躯《ちょうく》の美男子が両手を広げて部屋に入ってきた。

「やあ、我が妹よ。久しぶりだね、会いたかったよ」

にこやかな笑顔でなんのためらいも見せずに朱熹を抱きしめる。

「あ、あの……」

武官の美男子は抱きしめた腕を解くと、戸惑いを見せる朱熹に向かって意味ありげにウィンクをした。

相当女慣れしていそうな雰囲気がする。

「久しぶりの兄妹の再会だ。積もる話がある。君たちは下がっていていいよ」

女官たちは頬を赤らめながら下がっていく。

『あの秦明様と目が合っちゃった。後宮に帰ったら自慢しちゃおう』

などと心の中で言っているので、柴秦明という男はどうやら女たちの間では有名人らしい。女官たちが部屋から出ていくと、武官の美男子はまじまじと朱熹を見つめた。

『あの堅物の陛下がひと目惚れした女と聞いて、どんな絶世の美女かと思ったら、案外普通だな……』

(陛下がひと目惚れ!?　とんでもない嘘を吹き込まれたのね)

「あの、あなたはいったい……。私の兄という設定のようですが……」

おずおずと聞くと、武官の美男子は『ああ、説明が先だった!』と心の声で言い、優しい笑みを見せた。

「私は柴秦明。年は二十三だが、太尉の位に就いている」

「太尉!?」

朱熹が驚くのも無理はない。太尉とは皇帝の次に偉い三公のうちのひとつの役職で、軍事担当宰相《さいしょう》である。

「君は陛下に見初められて、正妃になるそうだね。だが、肩書のない女性をいきなり正妃にするのは難しい。そこで、柴家《さいけ》の令嬢という最高の肩書を武器に後宮に上がることになった」

「柴家……」

そういえば聞いたことがある。柴家といえば豪族の大名家である。そこの令嬢になるというのは、いくらなんでも嘘が大きすぎる。

「あの、私は本当に正妃になるのですか？」

「なるよ。陛下が望めば白い花も赤くする。平民だって令嬢にできる」

（私が、正妃に……。恐れ多すぎて怖い。こんな能力を持っているばかりに……）

不安げな様子の朱熹を見て、秦明は心の中で思った。

『正妃になると喜んでいるとばかり思っていたが、どうも違うらしい。相思相愛かと思ったら陛下の一方的な恋慕か？　あいつはちゃんとこの子に気持ちを伝えたのか？』

（秦明様はひどい勘違いをしている。心の声が聴けるという能力があるから、陛下は私を正妃にするのに。でも、嘘を教えられているとはいえ、私のことを心配してくれるなんて優しい人なのね）

朱熹はこれ以上秦明に心配をかけてはいけないと、無理に笑顔をつくった。

「かしこまりました、お兄様。これからよろしくお願いいたします」

相手の気持ちがわかりすぎてしまうから、朱熹はいつも無理をする。本当は平気なんかじゃないのに。

朱熹の笑顔に、秦明はほっとした。

次の日、朱熹の輿入れはとてもひっそりと行われた。

大々的な婚姻の発表もなければ式も行われない。あまりにもあっさりとしすぎていて、後宮に妃候補が入ってきた時とほとんど変わりはなかった。

しかも後宮に入ったというのに、陛下は一向に朱熹を訪ねなかった。

陛下がついにご結婚なさった、いよいよお世継ぎの誕生かと沸いた臣下たちにも、ただの政略結婚で形ばかりの正妃かとすぐにあきれられた。

朱熹はこの状況に喜んでいいのか悲しんだ方がいいのかわからなかった。形ばかりの正妃とは本当のことであるし、陛下が朱熹の部屋を訪れないのも女として見ていないからだと納得できる。

けれど、あまりにも陛下から音沙汰がなさすぎて、自分はなんのために正妃になったのかわからなかった。そもそも正妃である必要があるのだろうか。

朱熹は日がな一日、そんなことばかりを考えるのであった。

輿入れをして後宮入りしてから十日ほど経った明け六つ時、朱熹は黒檀の文机《ふみづくえ》に肘をつき、窓から見渡せる見事な庭園を眺めながらため息を吐いた。

大きな四角い窓は、幾何学模様の窓枠を通して外の景色を見ると、まるで絵画のような景観となる、框景《きょうけい》と呼ばれる技法で造られている。

「暇だわ……」

朱熹はポツリとつぶやいた。

楽団の演奏会が開けそうなほど広い部屋で独り言をこぼしても、まるで一滴の水滴がこぼれたかのように儚い。

柱には花鳥をあしらった緻密な装飾が施され、梁《はり》は虹《こう》のように弓なりに湾曲した虹梁《りょう》と呼ばれる寺社建築に用いられる技法が使われていた。

床には紅色の毛氈《もうせん》が敷かれ、小卓にはいつでも飲めるようにと、陶器の水差しと砂糖菓子を載せた器が置かれている。

これまで後宮には皇后がいなかった。四夫人といわれる貴妃《きひ》、淑妃《しゅくひ》、徳妃《とくひ》、賢妃《けんひ》はいたが名ばかりで、一度もお渡りがなかった。九嬪《きゅうひん》、二十七世婦《にじゅうななせいふ》、八十一御妻《はちじゅういちぎょさい》もいることはいるが、お目通りすらされていない。

曙光は後宮にはまったく興味なく、宦官制度さえも撤廃してしまったので、妃妾《ひしょう》の数はとても少なかった。

必死に柴の令嬢を演じているおかげで、朱熹の世話係はもちろん、後宮にいる女性たちの誰もが朱熹がまさか餡餅売りの平民だとは気づいていなかった。

それもこれも、朱熹の母から礼儀作法を徹底して仕込まれていた成果である。まさかこんなところで役に立つとは思わなかった。

おとなしい生粋《きっすい》のお嬢様だと周りからは思われているが、もともとの性格は活発で明るく働き者。なにもせずにじっとしていることが大の苦手なのである。

（ここで私が後宮に響き渡るくらい大声で歌い始めたらどうなるかしら）

悪戯《いたずら》心がふつふつと湧いてくる。

（いけない、いけない、私は柴家の令嬢で、正妃。私にそんな自由はないんだった）

またため息を吐きそうになって、ハッと思いつく。

（私はどこまでの自由が認められているのだろう）

そんなこと今まで考えたこともなかった。自分から部屋の外に出ることは一度もなかった。幽閉されていた期間があったから、その延長のように捉えていた。

朱熹は意を決して呼び鈴を鳴らした。するとすぐに女官が扉口に現れた。

「お呼びでしょうか、皇后様」

「ええ、少し聞きたいことがあるの。いいかしら」

「かしこまりました」

部屋に入ってきたのは、二十代後半の今香《こんこう》という名の女官だ。

今香子爵《ししゃく》の令嬢で、時の侍従長である甘露《かんろ》の紹介により皇后付きの女官として出仕することになった生粋のエリートである。

枯葉色の髪を頭部でお団子状にまとめ上げ、深緑色の長衣《ながぎぬ》に藍色の結び紐をつけている。瞳は涼やかな碧色《あお》で、白磁のような、透き通った肌をした美人だ。

家柄、教養、礼儀作法も完璧で、朱熹の負担にならないようにほどよい距離を保ち、押しつけがましい気遣いもない。

ただ笑顔もなく淡々と業務をこなすので、壁を感じ打ち解けた会話はできなかった。

今香は膝をつき、拱手《きょうしゅ》の礼をして朱熹の指令を待っている。

（もっと、気楽に構えてくれれば、仲よくなれそうなんだけど……）

今香は自身の職務に忠実で、礼儀正しくおとなしい朱熹――今は猫をかぶっているだけだが――に対して可もなく不可もなくといった態度で接している。

朱熹のことを好ましく思っているわけでも、疎《うと》んじているわけでもない。仕事と割りきって朱熹と接しているのが、ひしひしと伝わってくる。打ち解けて話せる間柄にはなれそうもなかった。

朱熹は気を取り直して、なるべく親しみを感じてもらえるように優しく今香に問いかける。

分厚い壁をつくられても、いつかはその壁を壊したい。努力もせずに受け入れることはしたくない。朱熹はそういう性格だった。

「ねえ、今香。私にはどこまでの自由が許されているのかしら」

「自由、と言いますと？」

冷静沈着で堅い表情だった今香の片方の眉毛が、ピクリと持ち上がる。

眉ひとつ動かさず、淡々と仕事をこなしてきた今香がわずかに見せた感情の揺れに、朱熹は一瞬怖気づいた。

心の声は聴こえずとも、好ましい質問とは思っていない様子がありありと見える。

しかし、朱熹はくじけなかった。

「たとえば、私はどこへなら行っても大丈夫なの？」

今香はしばし考え込み、口を開いた。

「極論を申し上げれば、どこへでも行くことはおできになります。皇后様は後宮の外へ自由に行き来できる唯一の女性であられますが、逆にいえば後宮の外には女官はついていけません。後宮外へ出ようと思われるなら、官吏の案内が必要になるでしょう。女性の官吏はいないので男性に付き添われることになりますが、そこは大丈夫でしょうか」

「ええ、べつにかまわないわ」

そもそも最初に宮廷を案内してくれたのは男性官吏だった。

朱熹は平民なので、外を歩けば知らない男性がいるというのは極めてあたり前のことなのだが、貴族育ちの彼女たちは知らない男性がいる中を女性ひとりで歩くことはとても怖いことらしい。

「かしこまりました。宮廷の外に出るのはお付きの者が多勢必要になりますし、陛下のご許可が必要です。宮廷内でしたら、案内の者が見つかりましたら今日にでも周られることは可能です」

「そうなのね、教えてくれてありがとう」

「とんでもございません。それではすぐに手配させていただきます」

『……深窓の令嬢には、説明するよりも経験から痛みを知ってもらう方がいいかもしれないわ』

今香は立ち去る間際、意味深な言葉を残していった。

(深窓の令嬢？　痛みを知る？)

意味を聞きたいと思うも、心の声なので尋ねようがない。

仕方ないので、今聴いたことは忘れようと気持ちを切り替える。

(皇后は、思っていたよりも自由が利くのね)

後宮に入れば二度と外には出られないと思っていた。現に後宮にいる女性たちは、職を辞めるまで後宮からは出られない。

彼女たちには申し訳ないとは思いつつも、外に出たいという好奇心が勝ってしまった。

一時間ほど待っていると、「用意ができました」と言って今香が戻ってきた。

今香の案内で後宮の出入り門まで行くと、門の外には文官の朝服《ちょうふく》を着た男が立っていた。

「それでは、私はこの先へは行けませんので、ここからはこの者の案内でお歩きください」

外で待っていた者が、こちらの気配に気がつき振り向いた。

「九卿《きゅうけい》の宗正《そうせい》をしております林冲《りんちゅう》と申します。よろしくお願いいたします」

目が細く、鼻の下に白ひげを生やした老臣だった。

しかも九卿といえば、三公に次ぐ高官である。わざわざそんな大臣級が道案内をするとは思わず驚いた。

「た、大変申し訳ございません！　私の我儘《わがまま》でこのようなお手間を……」

「なに、かまいませんよ。これも私の仕事なので」

『……というよりも、暇なのは私くらいしかいなかったから呼ばれたんじゃがの』

林冲の心の声に、目をしばたたかせる。

（え、暇なの？）

『若いおなごと宮中を歩くなんてデートみたいで楽しみじゃのう』

（デートって……）

苦笑いが出てきた。どうやら林冲は、高官だけれどもあまり仕事がない気さくな老臣のようだった。

（おもしろくなりそうね）

朱熹と林冲は仲よく並んで歩きだした。

「さて、どちらを案内いたしましょう。ぐるっと宮中を一周でもしますか？」

『あまり長いこと歩くと膝が痛くなるんだがの』

「私、本が読みたいんです。宮中には大きな府庫があると聞きました。そこに連れていってください」

「府庫ですか、いいですね。私も本が大好きです」

『よかった、府庫ならここからさほど遠くないわい』

林冲はよくしゃべる老臣だった。そして心の声もよく聴こえた。

心の声はよく出す人と、あまり出さない人がいる。今香の心の声はあまり聴かないが、この老臣はダダ漏れと言っていいくらい聴こえてくる。歩きながら自分の孫や子供の話をしてくれた。とても家族思いのおもしろい人だった。

「府庫は宮中にふたつありまして、ひとつは芸術の森と呼ばれる大きな殿舎に。そしてもうひとつは朝廷にあります。朝廷には軍議の書物が多く集められているので、朝廷に入る権利のある人のほとんどが朝廷の府庫を利用しています。芸術の森はその名の通り、本や楽器や絵画が集結している場所で、ほとんど誰も使っておりません」

「なるほど、皆様お忙しいですものね」

『そもそも芸術に興味がある者がほとんどいないのじゃがな』

「そうそう、言い忘れておりましたが、宮中は皇后様の家のようなものでありますから、自由に歩いてくださってかまわないのですが、朝廷は政治執務を行う場所ですので、お入りいただくことはできません。それだけはご了承願います」

『固いこと言わずに朝廷にもおなごを入れればいいのにのう。自分の家なのに入れないなんておかしいとわしは思うんじゃが』

「そうなんですね。わかりました。でも朝廷に用事ができることなんてないと思いますし、なにより芸術の森と呼ばれている殿舎に行ってみたいです」

そうこう話しているうちに、あっという間に府庫へたどり着いた。

芸術の森といわれるだけあって、殿舎には木々が鬱蒼《うっそう》と茂っている。誰も来ないからか、手入れはまったくといっていいほどされていなかった。

（これは……。誰も近寄らないわけがわかったわ）

壁には蔓《つる》が絡まり、老朽化していてどんよりと暗い。なんだかお化けが出てきそうな雰囲気だ。

「大丈夫、中は意外と綺麗ですよ」

朱熹は、心の中でどん引きしたことを顔には出さないでいたつもりだったが、林冲は見抜いていたらしく笑いながら先に殿舎へと入っていった。立ち止まって殿舎を見上げていた朱熹も、慌ててその後に続く。

林冲の言っていた通り、中は解放感があって明るかった。蜘蛛《くも》の巣も張っていないし、お化けもいなさそうだ。

「一階は大ホールで、楽団などが来た時に練習場として使っています。その隣の部屋が絵画室。有名な画家が描いた絵を保管しております。そして、二階が府庫となっております」

階段を上がり、扉を開けると、壁一面に圧倒されるほど多くの本が並べられていた。

「すごい、こんなにあるなんて……」

平民は字を読めない者も多くいるので、本は身近な存在ではない。こんなにも多くの本があることに驚いた。

「自由にお読みいただいて大丈夫ですよ」

感極まっている様子の朱熹に、林冲は優しく告げる。

「これ、借りていってもいいかしら!?」

「ええ、もちろん」

朱熹は興奮して目を輝かせた。

(こんなにもたくさんの本があるなんて。宝物に囲まれているようだわ)

「私は奥の方で本を読んでおりますので、終わりましたらお声がけください」

そう言って林冲は奥に行って姿が見えなくなった。

朱熹は夢中になって手あたり次第に本を開いていく。胸がドキドキして、自然と口角が上がってしまっていた。

どれくらいの時が経っただろうか。借りていく本を物色して、両手には本が高く積み上がっている。

ふと、耳に聞き慣れない音色が届いた。

二胡《にこ》よりも音程は低く、古筝《こそう》のように音階が広いわけでもない。けれどとても伸びやかで、美しい音色だ。

（誰が弾いているのかしら）

朱熹は山のように積み上げた本を置いて、音を奏でる主を探すことにした。

階段を下りて大ホールへと向かう。そこには誰もいなかったし、音も遠ざかってしまった。

再び二階へ戻り、府庫以外に部屋がないか探した。

（おかしい、二階は府庫しかないけど、府庫の中から聞こえてくるわけじゃない。いったいどこから……）

朱熹は、ハッと思いついた。

（もしかして……）


府庫の扉窓を開け外に出てみると、庭園のような屋上が広がっていた。

屋上を取り囲むように雪柳や梅の花など様々な花木が生け垣に植え込まれていて、大きな白い綿が空に浮かんでいるように積雲が碧天《へきてん》に広がっている。

そして、音の在り処を探すように辺りを見回すと、木々や花に聞かせるように、椅子に座って楽器を足に挟んで演奏している男の人のうしろ姿を見つけた。

服は文官が身につける黒の長衣をゆったりと着ていて、肩まで届く薄い鳶《とび》色のやわらかそうな髪の毛が、風に揺られている。

小鳥のさえずりのように優しい音色は、彼の醸し出す雰囲気と相まって、心が穏やかになっていく。

（不思議な楽器を弾く、不思議な雰囲気を持った人だわ）

朱熹は彼のうしろ姿を見ながら、じっと聞き続けていた。

曲が終わると、彼はゆったりとした仕草で振り返った。そして、朱熹の姿を見ると、少しだけ驚いた顔をして、すぐにやわらかな笑顔を向けた。

「やあ、女性がいるなんて珍しいね」

「盗み聞きのようになってしまって申し訳ありません！　とても綺麗な音色だったもので、つい……。あっ、申し遅れました、わたくし朱熹と申します」

「朱熹……、聞いたことある名前だな。あっ、陛下のお嫁さん」

不思議な男性は、朱熹を指さして言った。

（お嫁さんって……。まあ、その通りなんだけど……）

「こちらこそ、自己紹介が遅れてごめんね。僕は陽蓮《ようれん》、革胡《かくこ》の演奏家だよ」

陽蓮は透き通るように肌が白く、女装をしたらとてつもない美人に化けそうなほど顔が整っていた。

やわらかな物腰とくだけた口調、浮世離れした雰囲気を持つ青年だなと思った。

「革胡？」

朱熹が不思議そうに口にすると、陽蓮は足に挟んでいた楽器を持ち上げた。

「そう、この楽器のこと。いい音だろ。深みがあって、それでいて澄んでいる」

陽蓮はうっとりと革胡を見つめた。その眼差しは、好きな女性を見つめるようだった。

朱熹は意味ありげに、なにも話さずにじっと陽蓮を見つめた。

「……なに？」

陽蓮はきょとんとした顔で朱熹を見つめ返す。

「あ、いえ、なんでもないです。あなたによく似た人を知っている気がして。でも誰だったかは思い出せないんですけど」

「あはは、よく言われる。僕ってありふれた顔をしているからね」

ありふれているというより、どちらかといえば独特の容姿だ。こんなに綺麗な顔はなかなか見られるものじゃない。

（……あれ？）

誰に似ているか思い出そうとしていた時、別の違和感に気がついた。

（この人から、心の声が聴こえない……）

朱熹がじっと見つめた時、陽蓮はなんだろうと思ったはずだ。いつもであればその時、心の中で声を漏らすはずなのだが……。

（心の中であまりつぶやかないタイプの人なのね）

朱熹はそう思って別段気にも留めなかった。

心の声とは不思議なもので、多弁な人と寡黙な人がいるのと同じように、心の中でよくつぶやく人とそうでない人がいる。考えていることと、心の中でつぶやくことは違うのだ。でもその違いを意識する人はほとんどいないだろう。

「陽蓮さんは、よくここにいらっしゃるんですか？」

「うん、ほとんど毎日」

「私、府庫が気に入って、また来ようと思っているんですけど、もしお邪魔じゃなければ、また革胡の演奏を聞いてもいいですか？」

「もちろん。お客はいつだって歓迎だ」

陽蓮はうれしそうに笑った。

府庫に戻った朱熹は、山のように積んだ本を見て、さすがに多すぎるわね、と思った。また来ればいいだけだからもっと減らすことにした。

悩んだ揚げ句、三冊まで絞り込み、奥でうたた寝をしていた林冲を起こして、後宮へと戻った。

皇帝の恋わずらい

太陽が西に沈む頃、早朝から行われていた、皇帝と三公九卿が一堂に会する月例会議が滞りなく終わった。

分厚い壁で囲まれた「鳳凰の間」と呼ばれる中広間には、黒檀の大きな丸いテーブルを囲むように、背板に竹林の浮き彫りが装飾された椅子が並べられている。

会議を終えた高官たちが出ていくのを、天江国皇帝曙光は、椅子に腰かけたまま口を一文字に結び見つめていた。

表情を崩さずまるで睨《にら》みつけているような眼差しは、はたから見れば機嫌が悪そうに見える。会議の内容があまりいいものではなかったのかと推察してしまうが、そうではない。

今日の会議は悪くはなかった。諸外国との冷戦状態は相変わらずだが、飢饉もなく会議が紛糾するようなこともなかった。

ではなぜ、彼はこのような顔をしているのか。答えは簡単だ。これが曙光の素の表情なのである。怒っているわけでも、考え込んでいるわけでもない。ただ、皆が退出してから、ゆっくり部屋を出ようと思っていただけである。

「陛下、ご機嫌が悪そうなところ申し訳ないのですが、少しよろしいですか？」

九卿のうちのひとり、林冲が曙光に話しかけた。

「いや、機嫌が悪いわけではない」

「知っております」

林冲は悪びれることなく微笑んだ。

曙光はムッとしたような顔を林冲に向けたが、怒ってはいない。これくらいで怒るような器の小さい男ではない。これが彼の素の顔なのだ。

「どうした？　会議でなにか言い忘れたことがあったのか？」

林冲は会議中ずっとうたた寝をしていた。だから、なにか大事な案件について発言し損なったのかと曙光は思った。

「いいえ、会議のことではありません。先日、皇后様の宮中ご案内役を仰せつかりましてね……」

「朱熹の？」

いつだって表情を崩さない曙光の瞳が揺らいだ。ほんの一瞬見せた曙光の動揺に、林冲はまるで気がつかなかったかのように話を続ける。

「皇后様は本がお好きなようで、府庫を大変気に入られたようでありました」

「そうか、それはよかった。……朱熹は元気そうか？」

「ええ、顔色もよく、後宮の女官たちともうまくやっているそうです」

「そうか、それはよかった」

曙光の声色には安堵する優しい気持ちがこもっていた。

「皇后様はとてもお優しい方ですね。私のような老人でも労わって、よく話を聞いてくれます」

「そうか……」

曙光は朱熹が褒められて、自分が褒められた以上にうれしく照れくさかったので、視線を下に移した。

「しかし……少し、寂しそうでしたよ」

「え……」

目線を上げ、林冲の顔を見つめる。林冲はニコリと微笑み、「それでは、失礼いたします」と頭を下げて部屋を出ていった。

寂しそうだったと言われて、曙光は急に気が気ではなくなってきた。心の中で激しく動揺している曙光に、今度は別の者が話しかけてきた。

「おい、機嫌が悪いのか？」

こんな横柄な態度で話しかけてくる奴はあいつしかいない。横を向くと、秦明がニヤニヤした顔で立っていた。

「機嫌が悪いわけではない」

「知ってる」

どいつもこいつも……。曙光はあきれてため息を吐きたくなった。もうネタにされている。

「聞いたぞ。俺の妹、寂しそうだったんだってな」

俺の妹と言ってくるのが腹立たしいが、建前上そうせざるを得なかったので仕方ない。

「……そうみたいだな」

ふいと顔を背けてぶっきら棒に言い放つ。

「なんで寂しそうだったかわかるか?」

「わかるはずないだろう」

わかっていたら、こんなに動揺しない。

「俺はわかるぞ」

秦明の顔を見ると、自信満々で微笑んでいる。

「なんでお前が知っている」

不服そうに尋ねると、秦明は得意気に言った。

「俺はお前と違って女心がわかるからな」

秦明と曙光は幼なじみでお互いのことはなんでも知っている。癪《しゃく》ではあるが、秦明が曙光とは違って、女の扱いに慣れていて、女心に長《た》けているのも事実だった。

「もったいつけてないで早く教えろ」

「あ、教えてほしいんだ？」

秦明が得意気にほくそ笑んだので、曙光はギロリと睨みつけた。

「ごめん、ごめん、怒るなって。いつだって冷静で余裕をかましている曙光が困ってる姿がかわいくてつい……」

「……本気で怒るぞ」

かわいいと言われて、曙光は本気で嫌がった。

ムキになる顔もかわいいんだけどな、と秦明は心の中で思うも、これ以上逆鱗《げきりん》に触れてはいけないので黙っておく。

「朱熹ちゃんが寂しがっている理由は、曙光が会いに来てくれないからだよ」

ちゃん付けで呼ぶな、慣れ慣れしい、と曙光は釘を刺したかったが、まさか寂しがっている理由が会いに行かないからだとは夢にも思っていなかったので驚いた。

「どうして？」

「お前、素で言ってるのか？　新婚なのに一度も会いに行かないなんて、おかしいだろう」

「でも、秦明も言っていたではないか。朱熹は結婚がうれしくないようだと」

「たしかに、曙光の一方的な片思いであるということはわかったけど、それとこれとは話が別だろ。朱熹ちゃんは正妃になることを受け入れていた。結婚したにもかかわらず夫が訪れないなんて、屈辱だろうよ」

「……そういうものか？」

「そういうものだ！」

　秦明は断言した。

　皇帝となった曙光に直接意見できる者は少ない。だからこそ、秦明は厳しく言う。

「だが、俺は後宮に行ったことがない」

「誰だって初めてを経験して慣れていくものだ」

（いや、でも、いろいろと込み入った事情が……）

　曙光は真実を秦明に話すか迷った。朱熹がなぜ皇后になったのか、理由を知っている者がひとりくらいいてもいいかと思ったのだ。

　秦明は朱熹の偽の肩書をつくるにあたり、朱熹が平民出身であることを知っている。それに、唯一腹を割って話せる人物だ。曙光は覚悟を決めた。

　部屋を見渡すと、曙光と秦明以外に人はいなかった。皆、会議が終わり早々に出ていったようだ。

曙光はおもむろに立ち上がり、扉まで歩くと、黙って部屋の鍵を閉めた。

「どうした？　やけに厳重だな」

不思議そうにしている秦明に、曙光は鋭い眼差しを向ける。

「これから話すことは門外不出の機密情報だ」

秦明の顔からも笑みが消えた。ふたりは再び椅子に座り、曙光はゆっくりと話し始めた。

人の心の声が聴こえる能力を持つ一族が存在したこと。彼らは突然姿を消し、そして曙光の前に突然現れた。

けれど朱熹は、先祖が皇帝に仕えていたことを知らなかった。まったくの偶然によりふたりは出会った。

再び皇帝のそばで仕えてもらうために、朱熹に皇后の位を与えた……。

曙光が話し終えるまで、口を閉ざし神妙な面持ちで聞いていた秦明が、ようやく重い口を開いた。

「なるほど、それで皇后にしたわけか。皇后なら側室と違い、後宮から外に出ることができる」

「これまで人の心が聴こえる者で皇帝に仕えていたのは男だけだったから、朱熹の待遇をどうするか悩んだ」

「どうして今までは男だけだったんだろうな。その一族と交われば、皇族にも人の心が聴こえる能力を持つ者が生まれるかもしれない。そっちの方がなにかと好都合だろう」

「女には遺伝しないと彼らは言っていたんだ」

「じゃあ、どうして朱熹ちゃんに……？」

秦明の問いに、曙光は少し考え込むように間を置いた。

「それはわからない。もしかしたら、もとから女にも遺伝していたのを彼らは隠していた可能性もあるし、そうではなく彼女が特別なのかもしれない。いずれにしても、この特異な能力をどのように扱えばいいのか、正直迷っている」

「……迷う？」

秦明は目を細めて、曙光の考えを探った。

「皇后にしてよかったのか。人の心が聴こえる彼らは、皇族に嫌気が差したから宮廷から姿を消したのに、こんな無理やりな形でなにも知らない彼女と婚姻を結んでしまった。再び能力が政治利用されることを彼らは望んではいなかったはずだ」

秦明はため息を吐いた。

「そんなことを気に病んでいたのか。お前は甘すぎる。人の心が聴こえる能力は諸外国との取引の際にも使えるし、謀反をくわだてる奸臣《かんしん》を見つけることだってできる。

天江国発展のためにも、なんとしてでもそばに置いておくべきだ」

「それはわかっている……」

わかっていると言っておきながら、煮えきらない曙光の態度に秦明は苛々《いらいら》してきた。

「皇后にしたのは、さすがの判断だ。女だから政治の場に出すわけにもいかないし、子供ができればこの素晴らしい能力を引き継がせることもできるかもしれない。なにを悩むことがあるんだ、早く朱熹ちゃんのところに行くんだ」

「彼女は道具ではない」

「じゃあ、なんで皇后にしたんだ！」

秦明は思わず怒鳴ってしまった。責められた曙光は、怒ることもせず、視線を下げた。

「もっと彼女のことが知りたいと思ったんだ。そばにいてほしいと思った。女性にこのような感情を持ったのは初めてだった。皇后にすれば女性は誰しも喜ぶと思っていた。でも、彼女は違った……」

「まさか、本当にひと目惚れだったのか……？」

秦明は目を見開いた。

「ひと目惚れ……なのか。初めて見た時、とても美しい礼をする女性だと思った。そして、凛とした佇まいに、芯の強そうな瞳。いっさいの物怖じを見せずに皇帝である俺を真っ直ぐに見つめてきたのは、彼女が初めてだった。今でもその時の彼女の姿が脳裏に焼きついて離れない。それと同時に、俺に仕えよと告げた時の彼女の涙も忘れられない」

秦明は曙光の顔を見ながら、これはある意味厄介だぞと思った。本人は気づいていないようだが、完全に恋わずらいをしている顔だった。

「まあ、朱熹ちゃんは人の心が聴こえるからね。曙光の下心なんかも筒抜けになっちゃうから、それは会いにくいか……」

曙光は下心なんかないとムッとした表情で秦明を睨みつけた。

「彼女に俺の心の声は聴こえない」

「どうして」

「心の声を出さないようにする方法があるんだ。彼女は心の中が読めるわけではなく、聴いているんだ。だから、心の中でしゃべらないようにすればいい」

「心の中でしゃべらないようにったって、どうすればいいんだ」

「考えることと、心の中でつぶやくことは別だ。無意識に心の中でつぶやいていることをやめればいい。コツさえ掴めば簡単だ。心の中でしゃべらなければいいだけだからな」

「わかるような、わからないような……」

「代々皇族は、人の心が聴こえる能力を持つ一族が存在すると知っていた。だから幼少期から心の中でしゃべらないようにする訓練をさせられたんだ」

「なるほど」

（訓練すれば心の声を聴かれずに済むのか。今度朱熹ちゃんに会うまでに習得しておかなければいけないな。でも、まったくできる気がしないぞ）

と秦明は思った。

「心の声が聴かれないなら、じゃあなにが問題なんだ」

「注意していれば心の声は聴かれることはないが、まれに、とても強く思ったことが、胸に響くように聴こえることがあるらしい」

「ああ、それが引っかかっているのか」

「それは滅多に起こることじゃないから心配はしていない」

「じゃあ、なんだよ」

秦明は再び苛々してきた。

「……わからない」

「わからない!?」

秦明は怒りを通り越してあきれた。曙光がわからないなんて言ったのは、長い付き合いだが初めてのことかもしれない。

いつも冷静沈着で、的確に物事を判断し、肝の据わった勝負師のような一面もある曙光が、わからない？

「彼女を不幸にはしたくない。彼女の気持ちを最大限に優先したい。俺が部屋に訪れることを彼女は望んでいないなら、無理強いしたくはない」

「林冲は朱熹ちゃんが寂しがっていると言っていたではないか」

「だからそれが不思議で……。そんなわけないと思うのだが」

「いや、だからな、皇后になったのに皇帝が一度も訪れないなんて、後宮の女たちから笑い者にされるぞ」

「そうなのか!?」

曙光は驚いた表情で秦明を見た。

「お前は……。朱熹ちゃんがかわいそうだろ。とりあえず一回行ってこい」

曙光は少し戸惑いながらも、最後はおとなしくうなずいた。

(曙光の心の声が朱熹ちゃんに聴こえたら、どんなに大切に思っているのか伝わるのに……。うまくいかないものだな)

秦明はふたりの行く末を思いやると、ため息が出た。

今宵、皇帝のお渡りがあると連絡を受けた後宮内は、大変な騒ぎとなった。訪れる先は、もちろん皇后朱熹の部屋。

現皇帝曙光は、後宮に立ち入ったことさえないので、女官たちは大慌てで準備に勤しんでいた。

一方、突然のお渡りを告げられた朱熹は、女官たち以上にうろたえていた。どういう風の吹き回しなのだろうと首をひねる。

（たしかに、いろいろと聞きたいことはあるけれど……）

あまりに音沙汰がなかったので、このまま飼い殺しにする算段なのかしらと思っていたほどだ。

今後の身の振り方についてどう考えているのか聞きたいことは山ほどある。けれど、女官たちの慌てぶりや、準備の様子を見ていると、今宵の訪れの目的は、顔合わせや会話が主ではないらしい。

そもそも会ったところで、皇帝陛下と会話を交わせるのかすら怪しい。

後宮の存在意義、ひいては皇后の最たる仕事は、皇帝陛下の子孫を残すことである。この大事な務めを果たさなくてはいけない。

これまで曙光は後宮に関心すら持たなかった変わり者である。重大な責務が、朱熹の肩にのしかかっていた。

（私は心の声が聴こえるから、皇帝のおそばにいるために皇后になった。お世継ぎを産むことも私に課せられた任務なの？）

心の声が聴こえることと、お世継ぎを産むことはまったく別のことに思えた。

後宮内には目もくらむような美女が陛下の訪れを待っている。なにも地味な顔立ちの平民を相手にすることはないだろうと朱熹は思う。

皇帝の目的はきっと、別なところにあるはずだ。決して女官たちが期待する仕事をしに来るわけではない。

そうは思っても、まさか、仮に、なにかの間違いや戯《たわむ》れで……ということがないとも言いきれない。

（ついでに……ということもありえるわ）

朱熹は待っている間ずっと、緊張で心臓が口から飛び出そうだった。

「陛下がお見えになりました」

今香が扉の外から静かに告げる。

（来た！）

両膝をつき、拱手して頭を下げると、天女の羽衣のように軽やかで美しい長衣の端が床に広がった。

音もなく扉が開き、皇帝が部屋に入ってくる気配を感じる。扉が閉まると、部屋の中はふたりだけになった。

今宵の朱熹は、光沢のある生糸で織られた袖のない藍色の上襦《じょうじゅ》に純白でなめらかな絹の下裳《したも》をまとい、透ける生地の被帛《ひはく》を肩にふんわりと羽織っていた。顔周りの髪をひと房編んで双鬟《そうかん》を作り、こぼれた髪が胸の下まで届いている。その艶やかな毛先は、朱熹の息遣いで微かに揺れている。髪に挿した大振りの花簪《はなかんざし》が華やかで、シンプルな出で立ちながら上品さが醸し出されていた。

曙光は、以前会った時とあまりに違う女性らしい衣装に驚いた。朱熹の細い二の腕が被帛越しに透けて見え、目のやり場に困る。

曙光はいったん気持ちを落ち着かせ、いつものように皇帝の威厳を保ちながら言った。

「堅苦しい礼はいらん。顔を上げよ」

皇帝陛下の声に、朱熹は従った。しずしずと顔を上げた朱熹に、曙光は息をのんだ。

初めて会った時も思ったが、気立てのよさが優しい顔立ちに表れている。薄く化粧をした肌は白くきめが整っており、瓜型の小さな顔に丸い瞳はまるで小動物のように愛くるしい。

一方の曙光は夜伽《よとぎ》に訪れたというのに、宮廷服のままだった。着替える時間がなかったのだろうかと朱熹は思った。

（どうしましょう、陛下の夜服を用意していないわ）

今香に急ぎ用意するよう頼むか、それともそれは出すぎたまねか。

朱熹が迷っていると、曙光は寝所《しんじょ》ではなく、くつろぐための卓が置かれている部屋へと歩いていった。

朱熹は気がついていないが、曙光は実はかなり動転している。皇后となり身なりが垢抜《あかぬ》け、より一層美しくなっている朱熹とふたりきりの状態なのである。動揺を悟られまいと必死で威厳を保つ。

紫檀の衝立《ついたて》で仕切られたその部屋の中央には、桐の丸座卓と、花鳥をかたどった背もたれのある座椅子が置かれている。

朱熹は慌てて立ち上がり、用意してあった酒肴《しゅこう》を卓の上に置いた。曙光は座椅子に座ると、ひどく疲れた顔を見せた。

「後宮に来るのがこんなにも大変だとは思いもよらなかった。今宵後宮に行くと言ったら、とんでもない騒ぎになって、回廊を渡る時の好奇な眼差しにすっかり疲弊した」

曙光はげんなりした様子で言った。

朱熹は緊張して高鳴る胸を鎮めながら、そっと杯《さかずき》に酒を注ぐ。

「それは大変でございましたね」

努めて口もとに笑みを浮かべ、やわらかな口調で言った。

すると曙光は不思議そうな眼差しで朱熹を見つめた。

「そなたも大変だっただろう」

「ええ、後宮内は大騒ぎでしたよ」

「やけに落ち着いているな。もっと拒絶されるかと思った」

「拒絶？」

今度は朱熹が不思議そうな眼差しで曙光を見た。

「本意ではなかったであろう。……俺の妃となることが」

じっと朱熹を見つめる曙光の眼差しが少し寂しげで、触れてほしくない傷口に自分で触れたかのような顔をしていた。

まるで朱熹を求めるような切なげな表情に、胸がドキドキしてしまう。整った顔立ちゆえに、その威力は抜群だ。

「本意では……なかったですが……」

朱熹は曙光の眼差しを避けるように、意味もなく床を見た。

（どうしてそんなことを言うのだろう。まるで、本意ではなく結婚したことに傷ついているような……）

曙光からまったく心の声が聴こえてこないので、どのような態度を取ればいいのかわからない。

どうして彼は、こんなにも熱く自分のことを見つめるのだろう。

「俺が……部屋に訪れることを、怖いとは思わなかったか？」

曙光が手を伸ばし、朱熹の頬に軽く指先で触れる。ピリリと静電気が走るように、胸が高鳴った。

曙光の声色は、朱熹を責めるわけではなく、優しい甘い声だった。

怖くないと言えば嘘になる。かといって正直に怖いですとも言えない。

さらに、怖くないと言って曙光の熱い眼差しに目を向ければ、合意の合図だと捉えられるような気もして答えられなかった。

（なにを今さら、怯えているの。こういう展開になることは想定していなかったわけじゃない。陛下が望むなら、身を捧げるのが私の役目……）

朱熹は覚悟を決めた。

「陛下、ひとつだけどうしてもお聞きしたかったことがあります」

「なんだ？」

朱熹は目線を上げて、曙光と見つめ合った。

「私を親代わりとして育ててくれた餡餅屋の夫婦には、私のことはどのように伝えられているのでしょうか？」

真剣な朱熹の眼差しに、曙光は平静さを取り戻した。

「ああ、そのことならなんの問題もない。彼らには俺がそなたを気に入って後宮に召し上げたと伝えている。結納金も弾んだゆえ、今後彼らが生活に困ることはないだろう」

「そうですか」

「結納金よりも、そなたが後宮に入ったことをなによりも喜んだと聞いておる。本当の娘のように、そなたの幸せを願っておったのであろう」

「……はい」

それを聞いて、朱熹の瞳に涙が浮かんできた。せめてもの親孝行ができたのなら、それでいい。

後宮に入ることは、女にとって最大の名誉だと考えているふたりである。女官になることを勧められていたし、女官を飛び越え、妃になるなんて彼らからしたら、最高の幸せが朱熹に舞い降りたと思っていることだろう。

(でも、私は、ずっとふたりと一緒に餡餅屋を続けていきたかった……)

誰もが願い憧れる立場であるはずなのに、朱熹は喜べなかった。

(もう二度と、ふたりには会えないのね……)

楽しかった日々には戻れない。これが、自分の運命……。

朱熹が落ち込んでいることがわからないほど、曙光は鈍感ではなかった。帰りたいと思っていることが、痛々しいほど伝わってきて、胸が苦しくなった。

朱熹の幸せは、自分のそばにはない。どんなに幸せにしてやりたいと思っても、本人が望まぬのなら意味がない。かといって、手放すわけにもいかない。

主君としての役目と、男としての感情とで、曙光は揺れていた。

「今宵、訪れたのは、そなたの世間体を守るためだ。結婚したのに夫が訪れないのは、外聞が悪かろう。安心しろ、そなたには触れない。そなたの嫌がることはしない」

そうだったのかと朱熹は驚いた。

たしかに後宮内では、陛下にまったく相手にされていないとあざ笑う女性たちも多くいた。けれど、朱熹は陛下の寵愛《ちょうあい》を受けるために後宮に入ったわけでも、なりたくて皇后になったわけでもないのでまったく気にしてはいなかった。

「私のことなど、気にしていただかなくて大丈夫でございます」

朱熹は笑って言った。

すると曙光は真面目な顔をして首を振った。

「俺が言うことではないかもしれぬが、これ以上そなたにつらい思いはさせたくないのだ。不自由な身の上にしてしまって、すまない」

朱熹は純粋に驚いた。

一国の主である御方が、平民に謝るなんて……。

朱熹はまじまじと曙光を見つめた。偉ぶった態度も取らないし、自由を奪う代わりに皇后という最高位を与えて、朱熹がつらい思いをしないように配慮までしてくれる。

（この方は、とても誠実な人なのかもしれない）

朱熹は、不思議と胸がトクトクと高鳴っていた。

「どうした？」

不思議そうに小首をかしげ、朱熹を見つめた曙光の顔立ちを間近で見て、心臓が早鐘のように鳴る。綺麗すぎるのだ、顔立ちが。さらに色気もあるので、まともに直視すると心臓がもたない。

「いえ、なんでもありません！」

朱熹は慌てて顔を背けた。急に耳まで赤くなった朱熹の異変に曙光はまるで気がつかない。そういうところはとんと疎いのが曙光という男である。

「さて、朝までどのようにして過ごそうか。そなたは寝ていていいぞ。俺は月でも見ながらのんびりと杯を傾けよう」

曙光は晴れやかに笑った。

今宵の目的を朱熹に告げて、緊張から解き放たれたらしい。

「陛下さえよろしければ……お付き合いいたします」

「酒が飲めるのか？」

「ええ、多少は」

朱熹は慎ましく笑ったが、多少どころではなかった。

曙光はどんなに飲んでも酔いつぶれることはない酒豪だったが、朱熹もなかなか強かった。さすがに顔色ひとつ変わらない、化け物のように酒に強い曙光のようにとまではいかないが、朝まで飲み明かしても理性を保てるくらい強い。

最初は緊張しながら飲んでいた朱熹だったが、だんだんほろ酔い気分で楽しくなってきた。冗舌に自分の幼少時代のことを話しだす。

「昔はとてもやんちゃで、男の子とばかり遊んでおりました。家の近くにある山が遊び場で、いつも駆け回っていたのですよ。おかげで足腰が強くなり、体力もついて、男の子と喧嘩《けんか》しても勝つことの方が多かったです。負けん気も強く、いつも体に傷をつけて帰ってくるので、父や母は頭を抱えておりました」

「そうか、今では想像もつかんな。礼儀や教養があると評判だぞ。さすがは柴家の令嬢だと感心されていると聞いた」

「それは母の教えのおかげでございます。母はとにかく厳しい人でした。普段は優しいのですが、礼や学問を教える時は妥協を知らぬと言いますか……。私もそういう面があるので、意思が強く頑固なところは母に似たのでしょうね」

曙光はとても聞き上手なので、朱熹は口が止まらず、時が経つのを忘れて語り続けた。楽しそうに話す朱熹を、曙光も楽しげに見守りながら耳を傾けている。

ふたりはまるで旧知の友のように飽きずに話し続け、あっという間に朝を迎えた。

曙光は帰る間際、寝所に行きなにやらゴソゴソと緞子《どんす》の布団と絹の敷布を動かし汚していた。

「なにをしているのですか？」

朱熹が不思議そうに尋ねると、

「後宮を騙《だま》さねばな」

と言って笑った。

そして曙光はほろ酔い気味の朱熹に近づくと、首筋を指でなぞった。

「少し、チクリとするぞ」

なにをするのだろうと思っていると、曙光は朱熹の首筋に唇を這《は》わせた。

「な、なにをっ！」

驚く朱熹の肩を掴み、曙光は最後の仕掛けを残した。

首筋に痺《しび》れるような甘い口づけを落とされ、朱熹は呆然と佇んだ。

「……また来る」

固まっている朱熹に、曙光は優しい微笑みを投げかけ、部屋から出ていく。

(今のは、いったい……)

あの一撃で、朱熹の酔いはすっかりと覚めたのだった。

夜伽が滞りなく行われたことは、寝所《しんじょ》を見ればあきらかだった。加えて、陛下のご機嫌のよさと朱熹の首筋につけられた赤い接吻《せっぷん》の跡。

今香は、恥ずかしがる朱熹を説得し、これ見よがしに赤い跡が見えるように髪を結い上げた。

これまで後宮に一度も訪れなかった陛下が残した寵愛の印。

いくら柴家の令嬢で皇后とはいっても、陛下からの寵愛がなければほかの妃たちと身分はたいして変わらない。

地味な容姿の朱熹を中傷する妃もいたが、一夜にして後宮内勢力図は変わった。朱熹を悪く言うことは、陛下を侮辱することと等しい。陛下の寵愛を受けたということは、それほど絶大な力を持つのである。

曙光が朱熹の部屋を訪れてから二日後。

(なんだか大変なことになったわ。今まで以上に後宮内に居づらいわ)

表向きは、朱熹に敵意を向ける者はいなくなった。むしろ媚《こ》びを売る者が増え、朱熹の権力は絶対的なものとなった。

けれど、人の心の声が聴こえる能力を持つ朱熹は、笑顔で近寄ってくる者たちのどす黒い感情を直接受けるのである。

これまでは、皇后になったのに、陛下が訪れなくてかわいそうという哀れみに近い同情の声が多かったのだが、一夜にして嫉妬や憎しみの声が多くなった。

朱熹付きの女官は、朱熹が出世することは自分の出世と同じなので喜ぶ者が多いのが幸いだが、部屋から外に出ると心の声の悪口で耳が痛くなるほどだ。

（これで……よかったのかしら？）

あの夜、曙光は朱熹を気遣って部屋に来てくれた。結果はどうであれ、曙光の気持ちは素直にうれしい。

昔から、人というのは表面上と内心では違うのを知っている。万人から好かれることは無理だし、人の目を気にしていたらなにもできないと幼い頃からの経験で学んだ。だから、後宮内で朱熹がどう思われようと、気にしないと決めた。

（吹っきることも、必要ね）

餡餅屋の老夫婦は、朱熹が皇帝に嫁いだことを喜んでいる。

怖くて近寄りにくいと思っていた皇帝は、想像以上に優しく人徳のある方だった。いつまでも悲嘆に暮れてなどいられない。与えられた運命を受け入れ、前を向いて歩いていこう。

塞ぎ込んで泣き暮らしていたわけではないけれど、もやもやしていた気持ちが晴れて、朱熹は本来の笑顔を取り戻していた。

（さあ、そうと決まれば、もう一度府庫に行こうかしら）

またすぐに行こうと思っていたけれど、実はあれ以来訪れることができていなかった。

理由は、前回、朱熹が後宮を出たと知った女官や側室たちの反発の声が非常に大きかったからだ。心の声だけではなく、直接意見してくる者もいた。

しきたり上では皇后は後宮から出られる。しかし、女性のお付きが同行できないのをわかっていて後宮から出るなんてありえないというのが彼女たちの言い分だった。

今香はあっさりと承諾してくれたので、まさかこんなに後宮内から反発がくるとは思わず驚いた。

（そういえば、私が後宮を出たいと言った時、今香から『説明するよりも経験から痛みを知ってもらう方がいい』という謎の心の声が聴こえたけど、あえて私に苦言を呈さなかったのね）

朱熹を深窓の令嬢と揶揄《やゆ》するあたり、なにもできない、なにも知らない箱入り娘だと軽んじているのだろう。少しくらい痛い思いをした方がいいと思っているに違いない。疎んじられているわけではないと思っていたけれど、朱熹が思っていた以上に嫌われていたのかもしれない。

だが、落ち込んだのは一瞬で、すぐに気を取り直した。うじうじ悩んでいてもしょうがない。

（なにをしてもよく思われないなら、自分の思うようにやるわ！）

朱熹は今香を呼び、すぐに後宮を出る手配を整えてほしいと指示した。

「……またですか？」

今香の気難しそうな堅い顔が、不満の色を表す。

「ええ、お願い」

朱熹はなに食わぬ顔で微笑んだ。

後宮内から大反発が起きて、すっかり消沈していた朱熹を見ていた今香は、朱熹の心の変化に戸惑いを隠せなかった。

「陛下のご寵愛を受けて後宮内のあなた様の評価が変わったばかりだというのに、軽薄な行動は慎んだ方が御身のためかと」

「あら、今回はわたくしに忠告してくださるのね。ありがとう」

朱熹の言葉に、今香は驚いた。前回わざと忠告せず、痛い目に遭わせたことを見抜かれていたと悟ったからだ。

朱熹の言葉は、今香への嫌みにも取れる。だが、朱熹からは今香を非難するようなそぶりはまったく感じられない。

今香は、注意深く朱熹を見つめた。

『この方は、ただの深窓の令嬢ではないかもしれない……』

今香のなにかを秘めた鋭い目がきらりと光った。

「……承知いたしました」

今香は深くお辞儀しながら、自身に言い聞かせる。

（これからは、もっと慎重にこの方を観察しよう。己の忠義を尽くすに値する人物か否か……）


宮廷の案内役はすぐに見つかった。

後宮の出入り門へと行くと、林冲が立ったまま寝そうな様子で待っていた。

知っている者に会えたことがうれしくて朱熹の声は弾んでいた。

「林冲！」

『おっと、危ない、寝るところだった』

林冲はハッと目を覚まして、朱熹の姿を確認すると、小柄な背を丸めて礼をした。

「朱熹様。お久しぶりでございます」

初めて後宮の外に出てから一週間が経過していた。借りてきた本はもう読み終わっている。

「今回も私の我儘に付き合わせることになってごめんなさい」

「いいえ、とんでもございません。これも立派な仕事でございます」

『面倒な書類仕事を若いのに押しつける口実ができてよかったわい』

相変わらず林冲の心の声はよく聴こえる。朱熹は笑わないようにするので精いっぱいだった。

「さあ、本日はどちらに向かわれますかな？」

「もう一度府庫に行きたいの」

「芸術の森ですね。かしこまりました」

林冲は嬉々《きき》として歩きだした。

『府庫に行ったらひと眠りするかの』

サボる気満々らしい。朱熹はまたしても噴き出しそうになるのをこらえていた。

ふと、林冲が真面目な顔で朱熹の顔を見た。

（……なにかしら？）

「お元気になられたようでよかったです」

林冲はやわらかく微笑んだ。この者は抜けているように見えて、意外と人の変化に鋭いのだなと思った。

「……ええ、おかげさまで」

朱熹は少し恥ずかしそうにうつむいた。

皇帝が後宮へお渡りになったことは宮廷内にも知れ渡っているのだろうか。皆が想像するようなことはなかったとはいえ、朱熹が元気になった理由は皇帝の存在が大きい。あのような誠実な方のおそばで仕えるのなら、後宮暮らしも悪くないと思えるほどだ。

「さあ、着きましたぞ」

林冲は芸術の森と呼ばれる殿舎を見上げながら言った。外観は相変わらずの薄気味悪さである。

（前に来た時からあまり日が経っていないのになんだか懐かしいわ）

朱熹は感慨深げに殿舎を見て、中に入り、迷うことなく二階へと上がる。

府庫の扉を開けると、本が太陽の光に照らされてキラキラと輝いているように見えた。

「それでは私は奥の方にいますので、ごゆっくりとご覧になってください」

林冲はいそいそと府庫の奥へ消えていった。

朱熹は新しく借りる本を物色しながらも、あることが気になって仕方なかった。以前ここへ来た時、外から聞こえた革胡の音色。あんなに美しい演奏は聞いたことがなかった。さすがは演奏家である。

それに、陽蓮という男の存在も気になっていた。不思議な雰囲気を漂わせている人で、掴みどころのないやわらかな笑顔が妙に心に残っている。

本を選びながらもチラチラと外の様子を気にする。

(彼は今日もここに来ているかしら……)

耳を澄ますと、小鳥が歌い木々がささやくような美しい音色が聞こえてきた。

(革胡の演奏!)

朱熹は急いで本を一冊選び終えると、跳ねるように外に出た。

思った通り、陽蓮は以前と同じ場所で同じように森に溶け込むように革胡を奏でていた。その姿はまるで天の使い人のように浮世離れしていて、自分の世界に入り込み演奏している姿はとても楽しそうに見えた。

一曲演奏を終えた陽蓮に拍手を送る。

すると陽蓮はハッとして顔を上げ、拍手の主が朱熹だとわかると、柔和に微笑んだ。

「やあ、また来ていたんだね」

「また盗み聞きしてしまってごめんなさい」

「お客は大歓迎さ。それが虫でも鳥でも人間だとしても」

陽蓮にとっては虫も人間も大差ないらしい。もちろん朱熹が皇后であることなんて、彼の中では些細なことだ。

(不思議な人……)

朱熹は心の中でつぶやいた。

陽蓮は、朱熹が手に持っている本に目を置いた。

「その本……、仙晃伝《せんこうでん》だよね？」

「あっはい、おもしろそうだなと思ったので」

朱熹は持っている本を掲げた。

「うん、なかなかおもしろかったよ。架空の歴史小説だけど政治や反乱の描写がとてもよくできている」

「全部読んだんですか⁉」

仙晃伝は全十七書もある。

「うん。というか、府庫にある本は全部読んだ」

「えっ！」

府庫には一万冊以上の本が置いてある。まさかそんなに読んでいるなんて。

驚く朱熹に、「暇だからね」となんでもないことのように陽蓮は言った。そして、なんのことわりもなく再び演奏を始めた。

さっきまで朱熹と話していたのに、まるでここに朱熹はいないかのように、あっという間に自分の世界に入ってしまう。

（浮世離れしているというか……ひと言で表すなら、自由人ね）

朱熹は呆気に取られながらも、いい意味で自然体の彼に好印象を抱いた。

それはときめきや恋といった甘酸っぱい感情ではなく、純粋な好奇心に近かった。

陽蓮の音色は、壮大でいて繊細で、この世のものとは思えないほど美しい演奏だった。朱熹は森にいる虫や鳥のように黙って彼の演奏に耳を傾けていた。


自他共に認める完璧で優秀な女官の今香は、職務の合間に後宮の裏の園林でこっそり煙管《きせる》をふかしていた。

鬱蒼と茂る築山《つきやま》は、後宮の目立たないところにあるためか、ここ数年まったく手入れがされておらず雑草が伸び放題だった。

煙管をふかしているところを見られたところでべつに注意されるいわれはないのだが、女が煙管をふかすのは下品だとか生意気だとか思う口うるさい女官もいるので、表立って吸わないようにしている。

今は朱熹が皇帝の寵愛を受けているので、今香も後宮内を我が物顔で闊歩できるようになったが、前はストレスがたまる一方だった。

なぜなら、皇后付きの女官に就任して喜んだのも束の間、仕える上司である朱熹は今香にとって物足りない妃だったからだ。

ほかの妃たちに比べて華やかさの欠ける容貌に、気の弱そうな性格。家柄がいくらいいとはいっても、プライドが高く気の強い女たちが多くいる後宮内では、存在感が薄すぎる。甘く見られ、あっという間に後宮内でないがしろにされると思っていた。現に後宮内では朱熹のことを陰で、お飾り皇后と中傷し笑っていた。

それが今や、朱熹は皇帝の寵愛を一身に受ける、唯一無二の存在にのし上がった。それに便乗して、朱熹付きの侍女の評価もうなぎ上りというわけだ。後宮内を歩く時の、ほかの妃付きの女官たちからの嫉妬や妬みの目線が心地いいことこの上ない。

それでも不満がすべてなくなったというわけではない。まだストレスがあるから、こうして陰で煙管をふかしているのである。

（あー、侍女の仕事って退屈……）

今香は目を細めて空を見上げた。綺麗な入道雲が空一面に広がっている。

（陛下が朱熹様を寵愛してくださるのは、私にとってはありがたい話だけど、あんな小娘のどこが気に入ったのかしらね）

日がな一日、本を読んでいるような根暗女だ。仕える身としては楽だが、後宮内の女たちを統べるような器はない。

皇后というのは、四妃《しひ》、九嬪、二十七世婦、八十一御妻や正六位《しょうろくい》の女たちの頂点に君臨し、彼女たちを束ねる優秀な統率官であらねばならないと今香は思っている。

それなのに、朱熹は後宮内のほかの妃と距離を置き、後宮から出て自由を謳歌《おうか》することばかり考えている。

さらには、国外で不穏な動きが加速しているというのに、それを知ろうともしない。国を背負って立つ身分でありながら、なんと視野が狭いことか。

皇后の仕事で一番大事なのは立派な世継ぎを産むことだと割りきってしまえば、今のままの朱熹で十分かもしれない。けれど、今香は世継ぎを産むことだけが皇后の仕事ではないと考えていた。世継ぎができなくても、後宮をまとめ、国民に慕われる皇后はかつて存在したのだから。

広い視野を持ち、陰から皇帝を支えるような賢妃となってほしい。だからせめて、政治に関心を持ってほしいと今香は思うのだが、朱熹は自分のことで精いっぱいのようだ。

（……でも、ただの深窓の令嬢かと思っていたら、意外と鋭いところがあるのよね）

気弱な性格かと思いきや、案外大胆で、切り替えが早い。うじうじした性格かと思いきや、さっぱりしている気風がある。

今まで後宮にまったくの無関心だった皇帝の心を射止めたなにかが、朱熹にはあるのかもしれない。今香がまだ発見できていないなにかが……。

案外読めない人物といえば、朱熹の案内役をしている林冲という老臣だ。聞けば、あの者自らぜひにと立候補して、朱熹の案内役になったらしい。

本人は暇だからとうそぶいているが、九卿が暇なわけがない。体も頭も弱った役に立たない老人のふりをしているが、かなり切れる人物だとの情報は入っている。

どうしてわざわざ朱熹の案内役を買って出たのか。目的はなんなのか。内密に調べた方がいいかもしれないと今香は思った。

煙管を布袋に入れ、そろそろ持ち場に戻ろうかと園林を出る。

すると、府庫に行った朱熹と林冲がちょうど後宮に帰ってきたところだった。朱熹は今香には気づかず、本を両手に抱え自室へと歩いていった。

（ちょうどいいわ。林冲に探りを入れてみましょう）

朱熹を送り届けた林冲が、後宮に背を向けて歩き去ろうとしているところに、今香が声をかける。

「ちょっとお待ちになって！」

今香に呼び止められた林冲は、不思議そうに振り返った。

「今香嬢、わしになんの用かな？」

穏やかな笑みを見せて佇む様子は、気のよさそうな老人そのものだ。

「いつも朱熹様がお世話になっております。お忙しいのに大変でしょう」

「いやいや、若いおなごと一緒にいるとこちらまで元気になれて楽しいですよ。いつもはむさ苦しい男たちに囲まれているから余計にの」

林冲は朗らかに笑った。この老臣に害があるようには見えず、ましてや頭が切れるようにも感じないし、九卿という高役職に就いていることも驚きだ。

「朱熹様の案内役を買って出られたと聞きましたけど、九卿のあなたがどうして……」

今香の問いに、林冲の細い目が一瞬鋭く光った。

「今香嬢、隠密のまねごとはしない方がいい」

「……え?」

急に林冲の雰囲気が一変した。細い目からわずかに見える薄青の虹彩は、氷のような鋭さを秘めている。狡猾《こうかつ》で獰猛《どうもう》な獣のようだ。

「命が惜しくば深入りしないことだ」

林冲はそう言って、今香に背を向けてスタスタと去っていった。

今香は、あまりの林冲の激変ぶりに驚き、恐怖で身がすくんだ。蛇に睨まれた蛙のように、恐ろしさに体が固まってしまった。

(あの者は、いったい……)

こじらせ皇帝の煩悶

後宮の初お渡りを終えてから一週間ほどが経った。

曙光は政務に追われながらも、心の奥にしっかりと宿る温かでくすぐったい感情を秘めて日々を送っていた。

この不思議な感情の正体を曙光はまだ知らなかった。なにしろ初めて抱いた気持ちなのだ。

曙光は皇帝専用の政務室で、国の領地や年貢、今年度の作物の取れ高などの報告書に目を通していた。報告書は分厚い図鑑が二冊ほど作れるくらいの紙の量がある。集中して読むも、さすがに肩が凝ってきたなと思っていた頃、扉を叩く音が静かな政務室に響いた。

「なんだ」

曙光が扉の外にいる人物に声をかける。

「俺だ」

皇帝である曙光に、こんな声のかけ方をする奴はひとりしかいない。

「なんだお前か」

秦明は許可を得ていないにもかかわらず扉を開けた。失礼なことではあるが、曙光もいつものことだと思ってなにも言わない。

「おいおい聞いたぞ、ついにお渡りしたらしいじゃないか」

「行けと言ったのはお前だろう」

曙光はニヤニヤして近づいてくる秦明に向かってムッとした表情で言った。

「俺が遠征で宮廷を離れている間に、そんなおもしろいことがあったなんてなあ」

「ずっと遠征に行っていたらいいものを」

「照れるな、照れるな。……で、どうだった？」

「……どうってなにがだ」

「朱熹ちゃんの抱き心地だよ。よかったか？」

「帰れ」

曙光は冷淡な眼差しを向けて、本気で言った。

「おい、怒るなよ。冗談が通じない男だな」

秦明は曙光の肩をポンポンと叩き、曙光はうっとおしそうにその手を払う。

「お前が期待しているようなことはしていない。朝まで杯を傾けながら話していただけだ」

「……は？」

秦明は信じられないといった顔で曙光を見た。

「朝まで一緒にいて、なにもなかった？」

「そうだ」

曙光はなんでもないことのように淡々と答える。その姿に嘘偽りはなかった。

「お前ら、結婚してるんだろ！　いってみたら初夜だろ！　初夜になにもしない奴があるか！」

秦明は声を荒らげた。女性とふたりきりになってなにもないことなど彼の人生の中ではありえない。

「大切にしたいんだ。嫌がることはしたくない」

「嫌がられたのか？」

「……そうではないが、強制された結婚だという思いが彼女の中にあることは事実だ」

「世の中のほとんどの結婚は、強制されたものと同じだろう。親が決める、子供に決定権はない。それが結婚というものだ」

「それはそうだが、あまりにも突然だった」

秦明は頭が痛くなってきた。皇帝がお渡りしないことを宮廷の幹部たちは心配していたが、秦明は時期が来れば大丈夫だろうと楽観していた。だが、想像以上にこじらせているらしい。

「突然とはいっても、皇帝の誘いを断るほど、あの子も愚かではないだろう」

秦明はため息を吐きながら言った。

「彼女は俺が望めば受け入れたと思う。でもそれは嫌なんだ」

「なにが嫌なんだよ」

嫌ってなんだよ、乙女か、と秦明は心の中で突っ込んだ。

「彼女の気持ちを尊重したいし、なにより世継ぎを急いでつくろうとも思っていない」

「なっ……、お前、自分の立場をわかってるのか？」

「わかっている、もちろんだ」

「五年前のあの災害で、皇族のほとんどを失った。お前はひとりでも多く子供をつくり、血を絶やしてはいけないんだ。その重要性がわかっているのか？」

秦明の珍しく真剣な眼差しに、曙光は一瞬口を噤《つぐ》んだ。

「……わかっている。だが、俺はあの方を待っている」

秦明は、ハッとした。

「まさか……お前は今でも？」

曙光は答えず、窓から見える遠くの木々を見つめた。まるで誰かを探すように。

「まったく、お前にはあきれるよ。即位前のお前を知らなければ、単に女が怖いか、女に興味がないのかと思うところだったよ。皇帝になってからだもんな、お前が女に手を出さなくなったのは」

「俺に世継ぎができたら、今度こそあの方は皇帝になることをあきらめるだろう」

「あの方が皇帝にふさわしいと思っているのはお前くらいだよ」

秦明は盛大なため息を吐きながら言った。曙光があの人を崇拝していることは、昔から知っているので、これ以上の説得はあきらめた。

「そういえば、朱熹ちゃんまた府庫に行っているらしいじゃないか。いいのか、後宮から出しても。宮廷内には、毒殺未遂の時、餡餅売りだった朱熹ちゃんの顔を見ている官吏がいるだろう。見られたら気づかれるんじゃないのか？」

「現在の彼女の姿を見て、あの時の餡餅売りの少女だとわかる者はいないだろう。見た目も雰囲気も変わってだいぶ垢抜けているから、似ているだけと押し通すことは十分可能だ。それに、彼女の昔を知っている者を気にしていたら、将来的に公の場に彼女を出すことができなくなる」

「そうだな、朱熹ちゃんの一番の役目は心の声を聴くことだ」

曙光は黙ってうなずいた。

「それはいいとして、芸術の森にはたしか……」

秦明が思い出したように言った。

「それは俺も気になっている」

曙光が重々しくうなずいた。

「もう会ってしまってるんじゃないか？」

「……だとしたら厄介だな。親しくなっていないことを祈る」

「あの変わり者と親しくなるのは、よっぽどの変人じゃないと無理だぞ」

曙光はうんともすんとも言わず、考え込むように口を閉じる。

すると秦明は、首を振り苦悶の表情でいきなり大声を出した。

「あー、それよりも世継ぎだ、世継ぎ！　女を目の前にして息子を使わないとは何事だ！　お前の息子が泣いてるぞ！」

「……帰れ」

曙光は冷たく言い放った。

皇帝の二回目のお渡りがあったのは、曙光と秦明の会話があった次の日だった。

なんだかんだ言いながらも、秦明の助言は曙光の背中を押している。そのことを曙光に指摘したとしても全力で否定されるだろうが、実際のところそれが事実だった。

曙光は初めて朱熹の部屋に行った後、またすぐにでも朱熹に会いたいと思った。けれど、連日訪問するのは無理をさせてしまうだろうかとかいろいろ考えるうちに意識しすぎてしまって、機会を得ぬまま時が流れていた。

一方、再び皇帝が訪れるとの連絡を受けた朱熹の胸は高鳴っていた。

『また来る』

と言い残して部屋を去ってから、いつ来るだろうかと心待ちにしていたのだ。今宵も銘酒をたくさん用意しておいた。

ふたりで過ごす時間に、ゆっくりとくつろいでもらいたい。そして贅沢を言うならば、曙光のことをもっと知り、もっと近づきたいと思っていた。

朱熹の中で芽生えた淡い恋心に、本人はまだ気がついてはいない。

「皇帝陛下がお見えになりました」

今香の誇らしげな声が部屋に届く。

「はい」

と返事をすると、扉がゆっくりと開かれた。

両膝をつき、拱手の姿勢で頭を下げる。曙光が部屋に入ると、扉は閉められた。

「堅苦しい礼はよせ」

頭を下げ続けている朱熹に曙光が声をかける。

「そうはいきませんわ。……最初だけ」

朱熹は頭を上げて曙光を見上げると、はにかむように微笑んだ。ふたりの間に、前回にはなかった親しい者同士の空気が流れる。

まだ打ち解けているというほどでもなく、かといって他人行儀なわけでもなく、どこまで踏み込んでいいのか互いに探り合うような、甘酸っぱく照れくさい独特の空気感であった。

曙光は、あまりに心臓が激しく鳴るので余裕がなくなり、酒が用意されている部屋に一目散に向かった。

前回よりも緊張している。朱熹の顔がまともに見られず、早く酒を飲んで気持ちを落ち着かせたかった。

その分朱熹は慌てず、曙光の後に続いて部屋に入ると、優雅な所作で酒の用意を始める。

その間曙光の胸は、朱熹の耳に届くのではないかと思うくらいバクバクとうるさく鳴っていた。

「ああ、そうでした。よろしければこちらをお召しになってください」

朱熹は今香に頼み取り寄せてもらった、曙光用の寝服をそっと取り出した。

曙光は前回と同じく朝服を着ている。朝までその格好では疲れるだろうと思っての配慮だった。

曙光は寝服を見て、女性の部屋に訪れるのに朝服はおかしいことに気がついた。

「ありがとう。……だが、大丈夫だ」

曙光に断られても、朱熹はニコリと笑って寝服を下げただけだった。おそらく断るだろうなと予想はしていたので、気にすることはなかった。

けれど曙光は、せっかく朱熹が用意してくれたのに、断るのは失礼でなかったかと気を揉んだ。

寝服の格好になって気が緩んでしまったら、うっかり朱熹に手を出してしまいそうで怖かった。部屋にふたりきりというこの状況は、前回よりもことさら意識してしまう。朱熹の天女のように艶やかでかわいらしい格好を見ると、思わず手を触れてしまいたくなるのだ。

それに、いったいどこで着替えればいいのだ、と曙光は思う。まさか彼女の目の前で着替えるわけにはいかないだろう。そんなことを秦明に言ったら、お前は乙女かと突っ込まれそうだが。

杯に注がれた酒を、曙光は一気にあおった。すぐに二杯目が注がれ、またしても一気に飲みきる。

こうでもしなければまともに朱熹と会話すらできなさそうだった。

けれど、曙光は恐ろしいほど酒が強い。二杯ほど一気に飲んだところで、酔っ払いはしない。

朱熹はニコニコと笑みを浮かべながら、三杯目を杯に注ぐ。まさか曙光が緊張しているとは夢にも思っていないのだろう。

「そなたも、飲め」

曙光は杯を朱熹に持たせると、酒を注いだ。

「……いただきます」

透明で芳醇な香りのお酒を、小さな口でくいっとひと口喉に通す。

朱熹は味わうように目を閉じて、「おいしい……」と幸せそうな顔でつぶやいた。

そんな朱熹の顔を見て、曙光は無意識に笑みを漏らす。

「先日もそうであったが、ずいぶんとうまそうに飲むな」

「そりゃそうです。こんなおいしいお酒、飲んだことありませんもの。お酒自体高価ですから、大好きだけど滅多に飲むことができなかったんですよ?」

「酒豪だな」

「陛下に言われたくありません」

朱熹は口を尖らせながら言った。

いつの間にこんな冗談を言い合えるようになったのだろう、と曙光はうれしくなった。

皇帝に対しても物怖じすることのない朱熹の豪胆さが垣間見える。初めて会った時にも、堂々とした振る舞いで曙光の前に出てきて、芯の強い眼差しを向けた。

内側から放たれる生命力の強さのようなものを感じ、痺れるような衝撃が体を巡った。

彼女は、今まで出会ってきたどの女性とも違う。直感的にそう思った。そしてその予感は見事に的中した。

話せば話すほど、彼女の純粋さに惹かれ、裏表のない笑顔に胸がときめく。

(もしかしたら、俺は……)

曙光は、おいしそうに酒を飲み、取り寄せた銘酒の素晴らしさを楽しげに語る朱熹をじっと見つめた。

(もしかしたら、この気持ちは……)

曙光は自分の中で芽生えた初めての感情に気がついた。どの角度から見ても、どこを見ても、美しいと思う。以前に、美人と言われたことがないと朱熹本人がぼやいていたが、曙光には朱熹が輝いて見える。

朱熹をかわいいと思わないなんて、目が悪いのではないかと疑うほどだ。

「陛下？　どうしました？　ぼーっとして」

朱熹に声をかけられてハッと我に返った。慌てて酒を一気に飲み干す。

「陛下にも気に入っていただけてよかった」

朱熹はうれしそうに、杯に酒を注いだ。

（なるほど、これが恋というものなのか）

曙光は、隣に朱熹がいるだけで胸が高鳴り、朱熹の笑顔を見るだけで幸せな気持ちになり、このままずっと一緒にいたいと思った。

「陛下と呼ぶのは……やめにしないか？」

彼女と自分の間にある壁を、もっと打ち破りたい。

朱熹は驚いた顔で曙光を見た。

「……なんと、お呼びすればいいのですか？」

「曙光、と」

ひとりの男として見てほしい。

朱熹はあきらかに困ったような顔で目線を漂わせていた。

「さすがに、それは……」

朱熹が断ろうとすると、曙光の真剣な目にぶつかった。ここで断る方が失礼だ、と朱熹は感じた。

「では、私のことも朱熹とお呼びください」

「……わかった」

曙光はうなずき、とてもうれしそうな顔を見せる。こんな顔もするのね、と朱熹は胸がときめいた。

曙光は少し恥ずかしそうに名を呼んだ。

「しょ、しょ、しょこ……しょ……」

朱熹も呼んでみようとするも、恥ずかしさと恐れ多さでうまく言葉に出すことができない。

「なんだその呼び方は」

曙光が笑う。

「急に呼び捨てなんて難しいです」

朱熹は真っ赤になりながらうつむいた。その姿があまりにもかわいくて、抱きしめたいと曙光は思った。

「徐々にでよい。曙光と呼んでくれるのを楽しみにしておる」

「……はい」

曙光の包み込むような優しさに、胸が熱くなる。

（……曙光）

胸の中で呼んでみる。

恥ずかしいけれど、胸の奥がきゅうっと締めつけられて温かくなる。この気持ちは、なんなのだろうと朱熹は思った。

「……朱熹」

「そういえば最近府庫に出入りしているそうだな」

曙光はなにげなく話題を振った。

朱熹の部屋に来た目的は、この件について話そうと思ったからだ。というのは建前で、本音は朱熹に会いたかったからなのだが。

「ええ、そうなんです。府庫にはたくさんの書物があってとても楽しいです。後宮にいるとどうやって過ごしたらいいかわからなくて、府庫の存在は私にとってなくてはならないものになっています」

朱熹は嬉々として語った。

そんなふうに言われると、府庫に行ってほしくないとは口が裂けても言えない。

曙光はどうしたものかと考える。あそこには出会ってほしくない相手がいる。

「芸術の森と呼ばれるあそこは、薄暗く不気味で宮廷の者たちでさえ寄りつかないが……」

「外観にはたしかに驚きました。でも中は明るくて、神秘的な美しさがあります」

朱熹はうっとりとして言った。よほど気に入っているらしい。

「府庫には誰かいたか？」

「いいえ」

〝府庫〟には誰もいない。

朱熹は嘘をついている気もなければ、隠しているつもりもなかった。

曙光は朱熹の返答にひとまず安堵した。よかった、まだ出会っていないらしい。

「急に自由を制約される生活にさせてしまい、すまなかったな」

曙光の優しい言葉に、朱熹は感動して胸が詰まった。

いきなりこんな立場になって、昔のように自由に動くことはできなくて、いつも誰かに監視されているみたいで、そんな生活をつらくないとは言えなかった。

正直、負担が大きくて不安に押しつぶされそうで、孤独で……。できればもとの生活に戻りたい。

でも、自分の気持ちを理解してくれる人がいる。たとえその人が、自分をこんな立場にした張本人だとしても、わかってくれていると思うだけで心強かった。

朱熹は黙ったまま首を振った。大丈夫です、とも、もう慣れました、とも言えない。それは嘘になる。だから、ただ黙って首を振った。

「不便はないか？」

朱熹の様子を見て、かなり耐えているのだなと察した曙光は、少しでも力になりたいと思った。

「いいえ」

不便はない。むしろ供給過多なくらいだ。

「なにか欲しいものはないか？」

「いいえ」

朱熹は笑って答える。こんな豪華な暮らしをさせてもらって、これ以上求める気にはならない。

「なにかやりたいことは？」

曙光があまりにも心配そうに聞くので、なにか答えなければいけないような気がしてきた。朱熹はなにかないかと必死に頭を巡らす。

「あっ！」

ひとつだけ大きな心残りがあったことを思い出した。

でもこれは……。言うべきか迷っていると、曙光が急かすように言った。

「なんだ、なんでもいいから言ってみろ」

「……私の作った餡餅を食べていただきたいです」

朱熹は小さな声で言った。

曙光は驚いて一瞬言葉に詰まった。

「それが、やりたいこと？」

「……はい」

朱熹は誇りを持って餡餅を作っていた。それが皇帝陛下に献上する機会を得られて、召し上がっていただくことが楽しみだった。

陛下においしいと言ってもらえたら、それだけで生涯の誉れとなるはずだった。あんなことがなければ……。

「実は……俺もそれが一番心残りであった」

「え？」

「庶民の暮らしに寄り添い、国の名産品となるものを率先して調達し、特需をもたらすことは皇帝として重要な仕事のひとつだ。だが、仕事とはいえ、個人的にとても楽しみにしていたのだ」

それは、朱熹にとって興味深い話であった。

「恥ずかしながら、餡餅というのを食べたことがない。平民の間ではとても身近なものと聞いた。宮廷の官吏たちが、あそこの餡餅は天江国一うまいと言っていて、自由に食べることができる官吏たちが羨ましいと思っていた」

「陛下は、食べたいものを自由に食べることができないのですか？」

朱熹は驚いて聞いた。

「今、陛下と言ったな」

「あっ！　す、すみません」

「いや、いいんだ。じらされた方が、曙光と呼ばれた時うれしいからな」

「じらしているつもりでは……」

ふふっと曙光は悪戯に笑う。

「作るのは宮廷料理人だからな。彼らが一生懸命考えて作ってくれたものに、口を出すことはない」

「要望を言うこともないのですか？」

「彼らは宮廷料理人としての誇りを持って仕事をしているから、平民の家庭料理が食べたいと言ったら気分を害してしまいそうでな。まあ、考えすぎかもしれないが。彼らの仕事には満足しているんだ。だからあえて言う必要性も感じなかった」

なるほど、と朱熹は思った。

朱熹も三食御膳が出る。これを出してほしいとか、これは嫌いだとか、そういったことは一度も言ったことはなかった。朱熹の健康を考えたとてもおいしい食事なので、感謝することはあっても不満に思うことはない。

「では、作ったら食べていただけますか？」

朱熹はおずおずと言った。

「もちろん、喜んで」

曙光は柔和な笑みを見せた。

胸がトクンと高鳴る。たまに見せる笑顔がとても優しい。

普段は仏頂面で怖く感じることもあるけれど、きっとこの優しい笑顔が彼の本来の姿なのだろうと朱熹は思った。

(陛下の笑顔をずっと見ていたい)

曙光と夜通し語らいつつ、朱熹はずっとうっとりしながら曙光を見つめていた。

曙光は相変わらず聞き上手で、笑顔が素敵で、男らしい雰囲気で、終始紳士的だった。

あっという間に朝を迎えて、二日後にまた会いに来ると約束を交わした。

朱熹は、また会えると思うだけでうれしくて、なんだかそわそわと落ち着かなくなった。

さっきまで会っていたのに、もう会いたくなっている。

(二日後までに餡餅を用意しなくては。でもいったい、どうやって……?)

約束したはいいけれど、朱熹はもう皇后の身。料理を作る必要もなければ、作る機会すらない。

(どうしよう……)

朱熹は頭を抱えた。

朱熹は今香に頼んで、調理場を内密に借りられることになった。皆が寝静まった夜に調理場に行き、朱熹ひとりで作業をする。

手伝いはいらない。むしろ朱熹ひとりの方が作業がはかどるし、女官が朱熹の手際のよさを見たら驚いてしまうだろう。

小麦粉に少量の水を加えて練りながら、朱熹は曙光のことを考えていた。

(どうして陛下からは心の声が聴こえないのだろう)

ひとり言を多くつぶやく人もいれば、まったくつぶやかない人もいる。心の声もそれと似たようなものであると認識しているけれど、ここまでまったく聴こえてこないことは初めてだ。

曙光はもともとあまり多くを語らない性質だろうと思う。それに加えて心の声までいっさい聴こえなかったら、なにを考えているのかわからなくなる。

(裏表がないということかしら?)

裏がある腹黒い人物であるなら、必ずそれが心の声となる。

(私のことをどう思っているのか、全然わからないのよね)

朱熹は不満をぶつけるように、小麦粉を丸くこねて、それを手の甲で力強く伸ばした。

(べつに、なんとも思っていないんでしょうけど)

なんとも思っていないから、心の声が漏れないのだ。そりゃそうだと思いながらも、なんだか無性に苛々する。

（あの整った顔立ちで、曙光と呼んでくれなんて甘い言葉をささやかれたら、そりゃ誰だってドキドキするわよ。でも、陛下は私のことをなんとも思っていないからそういうことが言えるんだわ。これはある意味罪だと思うの。無自覚の女たらしよ！）

丸く固まった小麦粉を、ドンッと音を立ててテーブルに叩きつける。

なぜか急に曙光に対して腹が立ってきたのだけれど、それ以上に喜んでもらいたいという気持ちが勝る。

おいしいと笑顔で言ってくれたら、どんなにうれしいだろう。朱熹は思わず口がにやける。

餡餅は中身をいろいろ変えられる。酒のつまみに合うように、少し辛めのものもいくつか作る。

（喜んでくれるかしら……）

朱熹は、鼻の頭に白い粉をつけながら、できあがった餡餅を見て微笑んだ。

約束通り、曙光は二日後に訪れた。

朱熹は両膝をつき拱手の姿勢で曙光を迎える。

「堅苦しい礼はよせ」

「最初だけです」

ふたりは微笑み合い、このやりとりなんだかいいなとお互い思うのであった。

今宵、曙光は朝服ではなかった。かといって夜着でもない。練り絹で作られた濃灰《のうかい》色の単衣《しょく》に、肩には銀鼠《ぎんねず》色のなめらかな袍《ほう》の上衣をかけている。

いつものいかにも皇帝陛下といった出で立ちではないので、少し親近感が湧く。それでも醸し出される風格は健在だ。おそらく、根が真面目なのでシンプルな深衣を着ても厳格さがあふれ出てしまうのだろう。

「今宵は月を見ながらお話ししましょう」

朱熹はそう言って、酒を用意した部屋の襖を開け放った。外には立派な庭園が広がっていて、黄金色に輝く月が煌々《こうこう》と輝いていた。

「うむ、涼しい風だな」

曙光は脇息にゆったりと肘を預け、そよぐ風に目を細めた。

「あの、お約束の餡餅を作ったのですが……」

「おお、いただこう！」

曙光の目がパッと輝く。

楽しみにしてくれていたことがわかり、朱熹はうれしかった。

酒と一緒に餡餅を差し出す。曙光は、餡餅をひとつ手に取ると、まるで宝石を光にかざすように目の前に持ち上げてしげしげと見つめた。

「あの時は食べ損ねたからな……」

餡餅を見つめる曙光の瞳は、心の底からうれしそうだった。

「まさか、毒など入っておらぬよな？」

ちらりと朱熹を見る。

「入っておりません！」

むきになって否定する朱熹に、曙光はケラケラと笑う。

「もう、早く召し上がってください」

「いや、もう少し、拝んでおかないと……」

「そういう食べ物ではありません！」

曙光は朱熹をからかい、たっぷり時間を使ってようやく餡餅をひと口頬張った。

朱熹は固唾をのんで見つめる。曙光はゆっくりと咀嚼し、十分に味わってから喉仏を大きく上下に動かし飲み込んだ。

「……これは、驚いた」

曙光は呆然と残りの餡餅を見つめつぶやいた。

「驚いた？」

「想像以上に、うまい。こんなうまい食べ物初めて食べた」

朱熹は曙光の言葉に驚き、目をパチパチと瞬かせて、笑いをこらえきれず、ぷっと噴き出した。

「本当にそう思ってます？」

朱熹は疑いの目で曙光を斜めに見る。

「本当だ！　世辞などではないぞ！」

曙光は必死になって訴える。

「ふふふ、ありがとうございます。陛下からは心の声が聴こえないから、なんだか嘘っぽく聞こえて」

「俺は心の声を聴こえなくする方法を知っているからな。でも本当だ。本当に、今まで食べた物の中で一番にうまい」

これ以上ない褒め言葉をもらい喜ぶ一方で、聞き逃すことのできない台詞《せりふ》が出てきた。

「え？　心の声を聴こえなくする方法なんてあるのですか？」

「なんだ、知らなかったのか？」

曙光はなんでもないことのように言い、またひと口餡餅を頬張る。

「聞いたことありません。そもそも、両親以外に心の声が聴こえることを知っている人に初めて出会いましたし……」

「皇族は、幼き頃から心の声を聴こえなくする方法を学ぶ。よって、皇族であれば誰しも心の声を封じている」

「心の声を封じるなんて、そんなことができるのですか？」

「心の中でつぶやかねばいいだけのことだ。考えることと、つぶやくことは違う。コツを掴めば誰にでもできる」

簡単そうに言いきったけれど、なかなか難しそうだけど……と朱熹は思った。

心の声を封じていたのなら、聴こえなくてあたり前だ。ということは、曙光は表面的な言葉とは違うことを思っている可能性があるということだ。

裏表のない人なのだと安心しきっていたけれど、これでなにを考えているのかますますわからなくなった。

「なんだか陛下が怖くなってきました」

朱熹はすっかりしおれて言った。

「どうして？」

「だって、なにを考えているかわからないんですもの」

「人は皆、そうやって生きている」

「恐ろしい世界で生きているのですね。心の中がわからないのに、信じるなんてとても難しいです」

「そんな悲しいことを言うな」

曙光のことを信じられないと面と向かって言われているようなものだ。曙光は深く傷ついた。けれど、朱熹はそれに気づかない。

「だって、陛下が私のことをどう思っているかわからないんですもの。疎ましく思っている可能性もあるのでしょう?」

「疎ましくなど思うわけがない」

「では、どう思っているのですか?」

朱熹の無邪気とも思えるような純粋な問いに、曙光は口を開いたまま言葉を出すことができなかった。

どう思っているか? そんなことを言ったら、朱熹はどんな反応を見せるのだろうか。

好きだと告白したら、受け入れてくれるだろうか。皇帝という立場ゆえに、断ることなどできないだろう。

困るだろうか……。戸惑うだろうか……。

せっかく打ち解けてきたのに、壁をつくられてしまうかもしれない。

「陛下……?」

小首をかしげ、覗き込むように朱熹が見つめる。

「曙光と呼んでくれたら答えよう」

曙光は朱熹を真っ直ぐに見つめ、覚悟を決めた。けれど朱熹にはまったく伝わっていないようだった。

「ずるいです！」

「なぜずるい？」

「絶対に私が言えないってわかっていて言っているでしょう？」

朱熹は曙光にからかわれていると思った。

「言えぬなら仕方ないな」

「ほら、やっぱり！」

朱熹は本気で悔しくなってきた。曙光が自分のことをどう思っているか知りたい。

朱熹は、まさか曙光が自分に気があるなどとは露ほども思っていない。だから純粋に気になるのだ。

どう思っているのだろう。曙光から見た自分は、どのように映っているのだろう。まったく想像もできないから、なおのこと気になる。

「しょ、しょこ……しょ……」

何度も口に出そうとしては言葉に詰まる。

相手は皇帝陛下である。いきなり平民である自分が、呼び捨てになど恐れ多いにもほどがある。

でも、ふたりはだいぶ打ち解けてきて、軽口を叩けるまでに親しくなった。

(皇帝陛下だと思わなければいいのよ。今、私の目の前にいるのは、曙光というただの男の人……。そうよ、陛下だって立場を外せばただの人……)

そう自分に言い聞かせながらも、無理がある考え方だなと思う。ただの人とはいえ、やはり皇帝は皇帝。

でも……。朱熹は、知りたいという欲の方が勝った。

「……曙光」

小さくつぶやく。朱熹は目線を落とし、顔を真っ赤にさせながら名を呼んだ。

その瞬間、曙光の中で理性のたががはずれた。

座っていた朱熹の腕を掴み、自分の方に引き寄せる。朱熹は体勢を崩し、驚くように上を向くと、曙光の唇に塞がれた。

それはまさに、一瞬の出来事。朱熹の唇に、曙光の唇が押しつけられている。

なにが起こっているのか、朱熹はまったくわからなかった。

曙光とて、ほとんど無意識の行動である。名を呼んだ朱熹があまりにもかわいく、思わず口づけしてしまったのである。

曙光はハッと我に返り、唇を離した。朱熹は目を開いたまま、固まっている。

「す、すまない！」

曙光は慌てて謝った。

なんてことをしてしまったのだろう。思いがあふれて止まらなかった。

朱熹があまりにもかわいかったとしても、朱熹のことが好きすぎたとしても、相手の気持ちを無視して一方的に押しつけることはしてはいけない。

そんなこと、わかっていたはずなのに……。

体が離れ、朱熹もようやく止まっていた思考が動きだした。

（い、今のは、いったい……）

だんだんと朱熹の心臓が動きを速める。

（もしや、く、口づけ⁉）

途端に顔から火が噴き出るように真っ赤になる。

（な、なぜ、なぜ……）

だんだんとパニックになってきた。

（なにが起こったのだろう。どうして陛下は突然私に口づけを……）

異性と付き合ったことなど皆無の朱熹である。当然口づけも初めてだ。

ふたりの間にとんでもなく気まずい雰囲気が流れる。

お互い、発する言葉を失っている。

(れ、冷静になるのよ。い、い、今のは、き、きっと事故よ、事故。陛下が体勢を崩してその拍子にうっかり唇が触れてしまったのよ。……いいえ、陛下は私の腕を引き寄せて故意に口づけをした。あれはどう考えても、陛下の意思……ってああ！)

冷静になって考えれば考えるほど、顔から火が出るほど恥ずかしくなる。

まさか陛下が、自分を女として見ているとも思わず、思いっきり油断していた。互いの性格を知らなかった時ならいざ知らず、打ち解けてきた中での不意打ちの口づけは、とても恥ずかしく甘酸っぱいものだった。

(嫌とか、そういうのじゃなくて、なんていうか、なんていうか……)

気持ちがごちゃごちゃしすぎていて、自分の気持ちをうまく表現できない。

「今日はもう、帰った方がいいだろうか」

曙光はすっかりうなだれながら聞いた。

かなり反省しているらしい。

「いや……でも……」

こんな気まずい雰囲気の中別れたら、次に会う時もお互いぎくしゃくしてしまうだろう。戸惑っていると、曙光の口から朱熹がまったく予想していなかった言葉が出た。

「今帰ったら、女官たちが不審に思うだろう。朱熹が俺を怒らせたと悪い噂が立つかもしれぬ」

そんなことまで考えてくれていたのかと感心する。

「私のことはいいのです。陛下が帰りたいのならそうしてください」

曙光は、また呼び名が陛下に戻ってしまったことに胸を痛めた。

「……帰りたくはない」

帰りたいはずがない。だが、朱熹の気持ちを考えると、無理やり口づけされて嫌な思いをしただろう。当然、戸惑っていると思う。だからこそ、帰った方がいいかと聞いた。

でも、朱熹は拒んだり嫌な顔をすることはできないのだ。自分が、皇帝であるから。もし自分が皇帝でなければ、頬を引っ叩かれていたことだろう。

自分がただの男の曙光であるなら、もっと強引に朱熹を口説くことができた。でも、彼女には拒否権がないのである。自分が好きだと言って、朱熹を求めたら、彼女の本意はどうであれ、それに応じなければいけない。

だからこそ、自分は慎重になるべきだったのに……。

反省して落ち込んでいる様子の曙光を見て、朱熹は胸がチクリと痛んだ。

（すまない、と言っていた。陛下は私に口づけしたことを後悔している……）

朱熹はたまらなく悲しい気持ちになった。

嫌じゃなかった。ただ、驚いた。

私を女として見ていたことに戸惑ったけれど、うれしい気持ちもあって照れくさくなった。朱熹は、いつの間にか曙光を皇帝としてではなく、ひとりの男性として見ていたことに気がついた。

そして、とても好意的に思っていることに……。

「まだ餡餅も残っていることですし、おいしいお酒もたくさん用意しました。一緒に飲みましょう！」

朱熹は気持ちを入れ替えて明るく言った。

口づけしたことは、ただの気まぐれだったのだ。そのことに傷つくなんて、身分不相応にもほどがある。

「……そうだな」

曙光は、複雑な思いを心の奥にしまい、微笑みを浮かべた。

本当はもう一度唇を奪いたい。好きだと伝えて、君に触れたい。曙光ともう一度呼んでほしい。

あふれ出そうになる思いに必死で蓋《ふた》をしながら、餡餅を勢いよく頬張った。

餡餅は驚くほどおいしくて、そして少し塩辛かった。

無自覚の呪縛

政務殿にある渡り廊下で、庭園を眺めながら考え込むひとりの男がいた。

庭園には、穴の多い複雑な形をした太湖石《たいこせき》や、澄んだ水を湛《たた》えたひょうたん型の湖があった。

精悍な眼差しで遠くを見つめるその様はとても美しく、それが逆に近寄りがたい雰囲気を助長させてもいた。

黒地の上衣の袂《たもと》には赤い朱雀の刺繡《ししゅう》が施され、裳は深紫色だ。皇帝だけが着用を許されている特別な朝服を華麗に着こなしている。

曙光は、誰にも見られていないと思い、はあ、と深いため息を吐いた。

するとその時、なにかが曙光の肩めがけて右端から飛んできて、咄嗟にそれを左手で掴む。

握りしめた左手を開くと、赤い百日草の花が出てきた。

曙光はふっと笑うと、外に向かって声をかけた。

「秦明、隠れていないで出てこい」

背の高い生垣がカサカサと動き、秦明がひょっこりと顔を出した。

「よく俺だとわかったな」

「花を小石のように勢いよく遠くに飛ばせる者などお前しかおらん」

曙光はあきれたように笑った。

「あまりにも無防備に突っ立ってるから悪戯したくなったんだよ」

渡り廊下の柵は、膝上ほどの高さなので、秦明は軽々とこえて曙光の隣に立った。

「大きなため息なんか吐いてどうしたんだよ、お前らしくない」

見られていたのか、と曙光は少し罰の悪い顔を浮かべた。

「べつに……たいしたことではない」

「なるほど、女か」

秦明はニヤリと笑った。

勘のよすぎる幼なじみを持つと面倒だなと曙光は思った。

「そろそろ我慢の限界が来ているのだろう？　もうあの方のことはあきらめて、朱熹ちゃんとせっせと子づくりに励むがいいさ」

「言い方というものを学べ」

曙光は秦明を睨みつけた。

「あの方のことが気になっているからではなく、彼女の気持ちを尊重したいんだ」

「あ、やっぱり我慢できなくなってきたんだな」

曙光はしまったと思った。

「朱熹ちゃんの気持ちを尊重するとして、その結果、朱熹ちゃんもお前に気があるとわかった時はどうするつもりなんだ?」

「どう……とは……」

「朱熹ちゃんとの間に子供ができたら、お前は覚悟を決めるのか?」

曙光は口を噤んだ。この話題になると決まって黙り込む曙光に、秦明は大きなため息を吐いた。

「それより、他国の……とりわけ天河国の動きが活発化してきたらしい」

秦明は真面目な顔で、曙光の耳もとに告げた。

「活発化してきたとは?」

曙光も周りに聞こえないように小さな声で言う。

「天河国皇帝の兄弟間で覇権争いが起きている。それに加えて、天江国の機密情報の一部が天河国に漏れたらしい」

「どの情報が漏れた?」

曙光は鋭い眼差しで秦明を見つめる。

「宮廷の内部地図の一部だ。幸い政務殿や隠し通路の場所などは漏れていない。知られても問題がない場所だけだったが、どうして宮廷の内部地図が天河国に渡ったのか。

諜者《ちょうしゃ》がいる可能性がある」

「なるほど」

天江国からも、天河国に諜者を送っている。だからこそ他国の動きなどがわかるわけだが、天河国からも諜者が送り込まれていても不思議ではない。

「今こそ朱熹ちゃんの力が必要だと思うのだが」

秦明はうかがうように切り出した。

「だが……彼女を危険な目に遭わせたくないんだ」

秦明はあきれて言葉を失った。それから、ふつふつと怒りが湧いてくる。

「子づくりもしない、政治にも使わない、お前は朱熹ちゃんを飼い殺しにする気なのか!?」

「そういうわけではない。俺だっていろいろと考えているんだ」

「おー、わかった。じゃあその考えとやらを聞かせてもらおうじゃないか」

秦明は腕を組み、睨みをきかせた。

しかし曙光はその眼差しから、ふいと目を逸らせる。

「今は言えない」

「なんでだよ」

言えば反対されるから、とは口が裂けても言うまいと曙光は心の中で誓う。

「時期が来たら言う」

「いつだよ」

「それはわからない」

秦明は曙光の胸ぐらを掴んだ。本気で怒っている。

「お前なあ、いい加減ぶん殴るぞ」

「ほう、皇帝をぶん殴ろうとはたいした度胸だな。やるか？」

曙光もうっすら微笑みを浮かべて応戦する。

「お前が皇帝になってから喧嘩してないからな。俺もずいぶんたまってたんだよ。思いっきり殴らせろ」

「殴られるのはどちらかな？」

曙光は自信ありげに笑う。

曙光が皇帝になるまでは、ふたりはよく取っ組み合いの喧嘩をして傷だらけになっていた。いつも引き分けで終わり、お互い次こそは勝つと闘志をみなぎらせていた。

あれから五年。今はどちらが勝つのか誰にもわからない。力も強くなり、本気でやりあえば下手すれば命にも関わる。

だが、熱くなっているふたりには、もう冷静な判断などできなかった。

「来い」

「望むところだ」

秦明が、庭園に曙光を誘う。

ふたりとも、ひょいと柵を乗り越え芝を踏みしめる。

互いに睨み合い、間合いを詰める。

一触即発の雰囲気の中、間の抜けた声が割って入ってきた。

「おお、陛下、やっと見つけましたぞ。こんなところにいらっしゃったとは」

目の細い、痩せた老人がにこやかな笑みで近寄ってくる。

「林冲……」

喧嘩の邪魔をされ、曙光はがっくりとため息を吐いた。

林冲はふたりの異様な雰囲気にまるで気づいていない様子を見せながら仲裁に入る。

のらりくらりと天然の老臣のふりをしているが、実はとても賢く敏《さと》いことをふたりは知っていた。

「止めるな、林冲」

林冲の登場によって勢いを削がれたとはいえ、曙光は喧嘩をやめる気はなかった。

いったん燃え上がった闘志は、そう簡単に消せるものではない。

「そうだ、林冲は喧嘩の見届け人となってくれ。この際どちらが強いのか、はっきりさせようじゃないか」

秦明もまた喧嘩をやめる気などなかった。たとえ林冲が体を張って止めに来ても、ふたりは勝負が決するまで終わらないだろう。

林冲は小さくため息を吐き、奥の手を使うことにした。

曙光の一番の弱点を、林冲は知っていた。

「実は朱熹様のことで気がかりなことがありまして……」

朱熹、と聞いて曙光の顔が変わる。

「どうした？」

「あ、でも、今お忙しいのでしたら、また今度にします」

林冲はペコリと頭を下げて帰ろうしたのを、曙光が必死で止める。

「待て待て！　とりあえず用件を聞こう」

おい、喧嘩はどうなった、と秦明は心の中で毒づく。

「いやあ、少し、言いにくいことなのですが……」

「なんだ、どうした、なにがあった？」

もったいぶられると逆に気になる。

「実は……朱熹様に悪い虫がついてしまったようで……」

「え……」

曙光は、頭が一瞬真っ白になり言葉を失った。

代わりに、興味津々といった様子で秦明が会話に混ざってきた。

「悪い虫とは、男のことか⁉」

おもしろいことになってきたぞと秦明は思った。さっきまで腹が立って仕方なかったけれど、曙光の真っ青な顔にざまあみろと溜飲《りゅういん》が下がる。

「はい……。朱熹様は府庫に行くのを楽しみにされておりまして、毎日のようにお供しておりましたのですけれど、どうやら本がお目あてではなかったご様子で……」

「府庫で、男と密会していたと⁉」

秦明の詰め寄るような問いかけに、林冲が物々しい顔つきでうなずき、曙光は目の前がクラクラとしてきた。

まさか、朱熹が別の男と……。

予想もしていなかった展開に、曙光は愕然とした。

「それで、相手はいったいどんな奴なんだ？」

秦明は、多大なショックを受けている曙光を横目に、笑いを必死でこらえながら聞く。

「芸術の森にいつもいる男で……革胡という楽器を弾いている風変わりなあの方です」

あの方、と言った際、林冲の細い目が意味ありげに鋭く光った。

もちろん林冲は、朱熹と陽蓮がそのような仲ではないことを知っていた。しかし、この場を収めるためには、このふたりの関係を暗に匂わせることが得策と判断したのだ。

林冲の咄嗟の機転に、曙光と秦明は予想通りの反応を示す。

ふたりは互いに目を合わせた。秦明からは笑いが消え、曙光は皇帝の顔に戻る。

「ややこしいことになったぞ……」

秦明はポツリとつぶやいた。

朱熹は府庫で本を選びながら、大きなため息を吐いた。

題名を読んでいてもまったく頭に入ってこない。二、三歩歩き、本に手をかけてはため息を吐き、また別なところに行ってはため息を吐き、というのを繰り返している。

それもこれも、先日の口づけ事件のせいだ。

好意がなければきっと口づけなどしないと思うし、でもその好意がどういう類のものなのか、心の声が聴こえないからまったくわからない。

しかも、口づけした後に後悔しているような顔をしていた。それが、口づけされた以上に心の中で引っかかっている。

(私……陛下のことばかり考えている)

この感情が恋なのか、朱熹にはよくわからない。というよりも、認めたくないという気持ちの方が強かった。

朱熹と曙光は形式上夫婦であり、恋をすることは幸せなことなのだが、世の中の夫婦のありようとは違う。夫婦となったのは、心の声が聴こえる能力を使うためにそばに置く必要があったからで、朱熹は女だから妃という立場が一番都合がよかったからだ。そこに、愛だの恋だのという感情はない。

さらに、曙光がついでにと望むなら跡継ぎを産む役割も担う可能性があるのだけれど、そこにあるのは義務的な感情だけだ。

そう、あくまでついで。

愛し愛され夫婦となり、子供を儲けることを望める立場ではない。

(あまり考えすぎるのもよくないわね。こういう時は、陽蓮さんの演奏を聞いて癒《いや》されましょう)

屋上に出ると、陽蓮はいつもの場所で、いつものように、まるで森に溶け込むように革胡を弾いていた。

その姿に、不思議と肩の力が抜ける。自由に生きる陽蓮を見るだけで、自分も少し自由になった気がした。

陽蓮は朱熹を見ると、ニコリと笑った。

陽蓮は不思議な男だった。学や教養が官吏以上にあるのに、欲というものがまるでない。自由を愛し、自由に生きる。まるで仙人のようだと朱熹は思った。

「浮かない顔をしているね」

曲が終わると、陽蓮は朱熹に言った。

「私、そんな顔してますか？」

「うん、心のもやもやが顔に出てるよ」

「陽蓮さんにはかなわないな。なんでも見抜かれちゃう」

朱熹は両手で頬を隠しながら苦笑いを浮かべた。

陽蓮はそんな朱熹をじっと見て、おもむろに立ち上がった。

「……弾いてみる？」

「え！」

「音楽は人を自由にさせてくれる」

……自由。

その言葉は、今の朱熹にとってとても魅力的なものだった。牢に閉じ込められて妃になってからというもの、まるで籠《かご》の中の鳥になったような気持ちだった。

大空に飛び立ちたい。そう願っていたからこそ、陽蓮の音楽は朱熹の胸に深く響くのだ。

「……いいんですか？」

「いいよ、教えてあげる」

おずおずと近づき、革胡に触れる。

陽蓮が座っていた椅子に腰かけ、革胡を足の間に入れる。

「形式に捉われず、思うままに弾けばいいんだ」

陽蓮に促され、弓を弦にあて弾いてみると低音の鈍い音が響いた。

「私が弾くと壊れそう！」

陽蓮とはまるで違う音の響きに、朱熹は驚いて声をあげた。

「大丈夫、それくらいじゃ革胡は壊れない」

陽蓮がうしろから朱熹を抱きしめるような体勢で弓を持ち、一緒に弦を弾く。

朱熹ひとりよりも綺麗な音が出て、思わず笑みがこぼれた。

「あー、これは黒だな」

急に府庫の方から声がして、陽蓮と朱熹は驚いて革胡から顔を上げた。

すると、府庫の扉から、林冲、秦明、そして曙光が出てきた。

「え！　陛下!?」

朱熹は慌てて立ち上がった。

曙光は口を真一文字に結び、神妙な顔をしていた。

「いやー、朱熹ちゃんもおとなしい顔して大胆だね。真っ昼間から不倫とは」

「不倫!?」

朱熹は声を荒らげた。

まさか陽蓮と自分が不倫関係にあると思われるなんて青天の霹靂《へきれき》だった。

「違います！　これは演奏の仕方を教えてもらっていただけで……」

必死で弁明するも、曙光は朱熹と目を合わせようとしない。

「ちょっと、陽蓮さんからも違うって説明してください！」

自分だけでは説得力に欠けると思った朱熹は陽蓮に助けを求めた。

しかし……。

「え？　なに、僕と彼女が密通していたと思われてるの？　それはおもしろいなあ」

「全然おもしろくないですよ！」

陽蓮は曙光や秦明を見てもまったく驚くことなく、いつもの調子を崩さない。皇帝の妻と姦通《かんつう》していたとなれば死罪ものであるにもかかわらず、のんきに笑っているのだから始末に負えない。

「陛下っ！　本当に違いますからね！」

陽蓮はまったくあてにならないので、朱熹は直接曙光に強く訴えた。

「……違うのか？」

曙光は小さな声で聞き返す。

「あたり前です！」

朱熹は目をつり上げながら語勢を強めた。まるで曙光が朱熹に怒られているように見える。

「いやいや曙光、あれはどう見てもくんずほぐれつの仲だぞ」

秦明は曙光の肩を抱き寄せ、耳もとでささやく。

「ちょっと秦明さん！　あなたは黙っててください！」

朱熹が怒り、その迫力にさすがの秦明も思わずたじろぐ。

「本当に陽蓮さんとはなんでもありませんから！」

あらぬ疑いをかけられ、朱熹は困惑を通り越して怒りが募っていた。

朱熹にとって陽蓮という存在は、好きとか男とかそういう目で見たことが一度もない。それなのに、どうして不倫などという馬鹿げた話になるのだ。

「珍しく必死だね」

陽蓮は、ニヤニヤと笑って言った。

「あたり前でしょう！」

まるで他人事のような態度の陽蓮にも怒りを覚える。

「ああ、そうか、浮かない顔の原因は曙光か」

「え……」

陽蓮はなるほど、といった様子で朱熹と曙光を交互に見つめた。

「好きな男に勘違いされたら、そりゃ嫌だよね」

「なっ……！」

朱熹は顔を真っ赤にさせて、言葉を失った。

自分でも気づかなかった気持ちをこうもあっさり口にされると驚きを隠せない。鈍いと思っていた陽蓮が、実はかなり鋭くて、思わぬ攻撃にやられてしまった。

（ど、どうしよう、陛下の顔が見られない！）

朱熹は陽蓮の方に顔を向けたまま、動くことができなかった。

首を右に傾ければ、曙光が見える。こんなあからさまに図星の顔を曙光に見せるわけにはいかない。

『なんだ、朱熹ちゃん、曙光にベタ惚れだな』

秦明の心の声が聴こえてきて、真っ赤だった顔は青ざめ冷や汗が垂れてくる。

（は、は、恥ずかしすぎる！）

穴があったら入りたい。入ったまま一年くらい引きこもっていたい。

どうしよう、陛下はどう思っているだろうか。

違いますと否定することもできないし、むしろ陛下のことは気になっていて、片時も頭から離れなくて、たぶんこれは陽蓮の言う通り、好きってことだと思うけれど……。

（どうしよう、絶対迷惑だって思ってる！）

朱熹はぎゅっと目をつむり、拳を握った。

「兄上、お戯れはやめてください。朱熹が困っています」

曙光の落ち着いた声が耳に届く。

（え……兄上？）

聞き捨てならない言葉が出てきて、朱熹は目を開け、そっと曙光の方に顔を向けた。

「だって、ふたりともおもしろいから」

「私たちは玩具じゃありませんよ」

曙光は穏やかに陽蓮を諭している。どうやら曙光は、朱熹が自分のことを好きだとは思っていないらしい。

安心する一方、曙光が陽蓮を兄上と呼び、敬語を使って話していることに驚きを隠せない。

「え、あの、兄上って……」

朱熹の戸惑いに、曙光は苦笑いを浮かべる。

「そう、この方は俺の兄上だ。帝位継承権は兄上の方が上位。だが、わけあって今は俺が皇帝をしている」

「えっ！　お兄様がいたなんて初めて聞きました！」

驚く朱熹に、秦明が話に入ってきた。

「公には、前皇帝の子供はもはや曙光だけということになっている。このことは、絶対秘密だよ。林冲もこれまで通り、知らないふりを続けてくれ」

秦明は、うしろの方で黙って事の成り行きを見守っていた林冲にも釘を刺した。林冲は平然と、「かしこまりました」と軽く礼をした。

「え、え、え？」

どうして秘密なんだろうか。

なぜ、皇子が政務殿ではなく、人気《ひとけ》のまったくない芸術の森に毎日いるのだろうか。

疑問がたくさんありすぎて、朱熹の頭は混乱していた。

「朱熹には今夜、きちんと説明する。だから今日はもう後宮に帰ろう」

曙光はそう言うと、まるで陽蓮から引き離すように、朱熹の腰に軽く手をあてて出入り口へと誘導する。

「あ……はい」

密着する距離にドキドキしながら、うしろを振り返ると、陽蓮はまるで何事もなかったかのようにいつもの飄々《ひょうひょう》とした様子で椅子に腰かけ革胡を弾こうとしていた。

（本当は皇子なのに、どうして……）

寂しさも悔しさもなにも見せず、自分の世界の中で生きている陽蓮。ずっと自由に生きているように見えた彼が、急に自分の内側の世界に引きこもっているように見えてきた。

それは、陽蓮が変わったのではなく、朱熹の見方が変わったから。陽蓮が皇子だと知ってしまったから。

曙光に腰を抱かれ、誘導されるように階段を下りていると、革胡の音色が聞こえてきた。

美しく、繊細で、伸びやかな演奏。

彼の音楽はどこまでも自由だ。けれど、ほんの少しだけ寂しそうに聞こえたのは、朱熹の思い過ごしかもしれない。

今宵、陛下がお渡りになるとの報告を受けた朱熹は、今までにない緊張感に包まれていた。

自覚してしまった好きという気持ち。大事な話をするために来るとはわかっていても、先日の口づけのことが頭から離れない。

またあんな雰囲気になったらどうしようとそればかりを考えてしまう。嫌なのではない、むしろそうなることを望んでいる自分がいる。もう一度、求められたいと心密かに思っている自分が恥ずかしい。

そして曙光は報告通り時間ぴったりに朱熹の部屋を訪れた。いつもの場所に通し、ふたりは少しだけ距離を空けて座る。

気まずい雰囲気になる前に曙光が本題を切り出した。

「今日は兄上の話をしに来た」

朱熹はなにも言わずにこっくりとうなずいた。

真剣な雰囲気。甘い時間を望んでいた自分が恥ずかしくなる。それでも、ふたりでいられるこの時間がたまらなく愛おしい。

「なぜ兄上を差し置いて俺が皇帝となったのか……。それは五年前のあの南部で起きた大洪水にまで遡《さかのぼ》る」

五年前の大災害。そのことを思い出すだけで朱熹の胸が鋭く痛む。

あの洪水に巻き込まれて朱熹の両親は死んだ。

「あの時、一万人以上の犠牲者が出た。その中で前皇帝含む、皇族の多くが犠牲になったことは知っているだろ」

「はい……あの災害は、天江国の国民全員が悲しみに暮れました」

毎年、清明節《せいめいせつ》になると皇族たちは墓参りのために南部にある御陵《ごりょう》に赴く。運悪くその時期が大災害と重なり、多くの犠牲者が出た。

「あの日、俺も先代と一緒に御陵に行く予定であった。だが、兄上が行かないと言い張って、出立の日、皆に見つからないようにふたりで皇城に隠れていたんだ。俺は昔から兄上に頭が上がらず、従順な家来のようであった。だから兄上の我儘に付き合うのもそれが初めてのことではなかった。しかし、まさかあのようなことが起こるとは……。俺は兄上に命を助けてもらったようなものだ」

「陛下が生きていたことは、天江国にとって不幸中の幸いでした」

「前皇帝である父が死に、父の弟も亡くなった。帝位継承権を持つ者は、兄上と俺のふたりだけ。当然、兄上が帝位を継ぐものと思っていた。しかし兄上が帝位を継ぐことに、三公九卿は反対した。そして彼らは、兄上は災害で死んだものとし、俺を皇帝に即位させた」

曙光は悔しそうに言った。その口ぶりから、皇帝になりたくてなったわけではないことが垣間見られる。

当時十八歳だった曙光が皇帝を継ぐことは天江国にとって心許ないことだった。けれど、ほかに該当者がいないのだから仕方ないと自分に言い聞かせ、曙光は帝位に就いた。

当時国民は皆、若き皇帝への不安を口にした。当然のことだ。しかし、その不安はすぐに消え去る。若くして皇帝となった曙光は素晴らしい手腕を発揮した。皇帝となるべくして生まれた男だった。

「俺よりも皇帝にふさわしいのは兄上なのだ。兄上を差し置いて皇帝になるなんて本来あってはならないことだ。たしかに兄上は風変わりなところがあるが、学もあり頭もいい。俺よりも優れた皇帝となるだろう。だから俺は、兄上が一念発起して皇帝の座を奪いに来ることをずっと待っていたのだ。兄上がその気にさえなれば、三公九卿さえも抑えられる。その力は持っている。けれど、兄上はあの通り、毎日革胡を弾いて過ごしている」

曙光は熱く語ったが、曙光よりも陽蓮の方が皇帝にふさわしいとはどうしても思えなかった。

曙光は誰が見ても素晴らしい皇帝だ。文武両道で、常に冷静、私利私欲を考えず、国のために動く男だ。

（陛下には悪いけど、私も三公九卿が反対した理由がなんとなくわかるわ……）

陽蓮はたしかに学も教養もある。けれど彼は自由を愛する男だ。

結果的には災害に巻き込まれず命が助かったとはいえ、行きたくないという我儘で皇城に隠れるような人は皇帝に向いていない。どうしてそんなに陽蓮を皇帝にしたいのか、朱熹には曙光の熱い思いに共感することができなかった。

ただ、死んだこととするのは納得できない。それではあまりにも陽蓮が気の毒だ。

「陛下は皇帝の座を降りるおつもりなのですか？」

朱熹の問いに、曙光は迷いが生じた。

これまでなら即答できた。でも今は……。

真剣な眼差しで見つめる朱熹の顔を見ると即答できない自分に気がついた。

「……兄上がその気になれば。もともと皇帝を継ぐべきは兄上だったのだから」

曙光は朱熹から目を逸らして言った。

「では、私はどうなるのですか？」

朱熹の純粋な問いに、曙光は言葉に詰まった。

「うむ……そのことなのだが……」

曙光はこれまで思い悩んでいたことを告げなければいけない時が来たことを悟った。

できれば曖昧にしておきたかった。このまま少しでも長く夫婦として過ごしたかった。

「朱熹は、どうしたい？」

突然自分の意見を求められて朱熹は驚いた。

（どうしたい……）

これまで考えたことがなかった。自分には選択の余地などなかった。

「それは、どういう意味でおっしゃっているのですか？」

「ずっと考えていた。あの日、俺は朱熹が拒否できないと知っていながら、妃になるように命じた。それで本当によかったのか」

曙光の言葉に、朱熹は胸がチクリと痛んだ。

(私と結婚したことを、後悔している?)

「そなたの一族が突然消えたのは、皇族に仕えることに嫌気が差したからではないのか。それなのに、なにも知らない朱熹を無理やり妃にさせることは、一族の意思に反することではなかったのか」

思いもしなかった見解に朱熹は驚いた。

同時に、一族の意思をも尊重しようとする曙光の優しさを知る。

「これまで女は心の声を聴くことができないといわれていた。だが、本当は皇族に隠していただけなのではないか。女も心の声が聴こえるとわかったら、その能力を皇族に継承させようと婚姻を結ばれてしまう。彼らはそれを危惧していたのではないか……」

曙光がそう思ったのは、秦明が一族と交われば、皇族にも人の心が聴こえる能力を持つ者が生まれ好都合だと言ったからだ。

朱熹だけが特別なのかどうなのかは、今となっては誰にもわからない。朱熹は、心の声を聴ける能力を持った最後の生き残りだからだ。

「そんなこと、考えもしませんでした……」

朱熹はショックを受けていた。

もしも曙光の考えが正しいのなら、この結婚は一族の意思に反するもの。両親は、宮廷を毛嫌いしていた。

もしも彼らが生きていたら、皇帝に嫁いだ朱熹を見てどう思っただろうか……。

この結婚は、許されるものではなかった……？

朱熹は、曙光を見つめた。

整った顔立ちに威厳のある風格。皇帝になるべくしてなった御方といわれ、いつも冷静で表情を崩さないため近寄りがたい雰囲気を持っているが、内面はとても優しい方。優しすぎるといってもいい。

こんなことは朱熹に告げず、一族の思いなど無視して能力を皇族のために有効に使えばいい。

けれど、彼はそれをよしとしない。朱熹の意思を聞こうとしている……。

（私は、彼を好きになってはいけなかったのかもしれない。一族を、大好きだった両親を、裏切ってしまっているの？）

「一族のことはわかりました。これは私の問題。いったん考えさせてください。でも、それと陽蓮さんとの話は別です。陽蓮さんが皇帝となったら、私はどうなるのです？」

「それも、朱熹の意思を尊重しようと思う」

「え……？」

「朱熹が兄上を好きなら、兄上の正妻になればいい」

曙光は目線を落とし、悲しそうに言った。

けれど、朱熹は怒りのあまり開いた口が塞がらなかった。

「私が……陽蓮さんを好き？」

朱熹はわなわなと震えながら言った。

「府庫に毎日のように行っていたのは、兄上がいたからなのであろう？」

誤解は解けたと思っていたのは、朱熹だけのようであった。

（あんなに必死で否定したのに……）

朱熹は怒りを通り越して悲しくなってきた。

（どうして信じてくれないの？）

「あなたは……、あなたはそれでいいんですか！」

朱熹は思わずカッとなって叫んだ。

曙光は驚いた様子で朱熹を見ている。

「皇帝の座を降りることも、私が陽蓮さんの妻になることも……、あなたはそれでいいんですかっ！」

朱熹は全身から絞り出すように声を張り上げる。悲痛な叫びを曙光に届けるように。

「あなたは国を……自分の手でよくしたいとは思わないのですか！　その程度の責任感で皇帝の座に座っているのですか！」

怒った朱熹の言葉は、曙光の胸に深く刺さった。

同じようなことを秦明に言われても、まったく刺さらなかったのに、朱熹の言葉は自分が押し殺してきた思いの蓋を叩き割るほどの勢いがあった。

「私のことも……。私をなんだと思っているのですか！　私は物ではありません！　そんな簡単に人に譲り渡さないでください！」

もちろん曙光は、朱熹を物として見たことなど一度もない。

とても大切で、誰にも渡したくなどなくて、心から愛しているからこそ、愛する人の意思を尊重したかったのだ。

でもその思いは見事に逆効果となり、朱熹の怒りを買った。

「すまない、そんなつもりでは……」

ポロポロと涙をこぼす朱熹を抱きしめようと曙光が手を伸ばすと、ぴしゃりと手を叩き返された。

「触らないで！　中途半端な気持ちで私に触らないで……」

朱熹は両手で顔を覆って泣いた。

中途半端な気持ちではない。心の底から愛している。

けれど、皇帝の座を降りようとしている自分が、朱熹を抱きしめていいのか。

これまでいつでも兄上に皇帝の座を譲れるように、子供をつくらないできた。後宮に一度も行かなかったのはそのためだ。

それなのに、朱熹を抱きしめたら……本当の夫婦となり子供が生まれたら……もう引き返せなくなる。兄上に、皇帝の座を渡したくなくなるかもしれない。

曙光の中で迷いが生じた。今までにないとても大きな迷いだ。

逡巡している曙光に、やはり中途半端な気持ちなのかと朱熹は落胆した。

（わかっていたことじゃない。陛下が私のことを好きじゃないことはあたり前のことよ。それなのにどうして期待してしまったのだろう）

愛していると告げられ、誰にも渡さないと抱きしめてくれることを期待してしまった……。

「もうしばらくここには来ないでください。私もいろいろとひとりで考えたいので……」

朱熹は涙を拭って、毅然として言い放った。

曙光は、嫌だと口から出そうになった言葉を無理やりのみ込んだ。

「……わかった。俺も、いろいろと考えてみる」

自分の気持ちを押し殺して、聞き分けがいいのは昔からだ。我儘な兄に振り回され、大人たちからいいように使われ、これまでこの性格によって損してきたことはたくさんある。優しすぎるがゆえの行いだった。

それが曙光のいいところでもあるのだが、恋愛においていいとは限らない。

曙光は朱熹の部屋を出る。

互いに思い合う心は同じなのに、すれ違っていく。

朱熹は珍しく苛々していた。それもこれも、曙光の煮えきらない態度のせいである。国のことも朱熹のことも大切にしているようで、いずれも中途半端だ。

(ああ、もう、こういう時は現実逃避するために本を読むに限るんだけど、府庫に行ったらまた陽蓮さんとの仲を怪しまれるかしら)

朱熹の中では、どうして自分と陽蓮が不倫関係にあるように見えるのかさっぱりわからなかった。

(でもここで府庫に行かなくなるのも、これまで行っていたのは陽蓮さんに会うためだったと認めるようで癪だわ)

陽蓮さんに会わなければいいのよ、と自分の中で折り合いをつけて、府庫に行くことにした。

本を選びながらも、外の様子が気になる。陽蓮さんは、今日も来ているかしらとチラチラと頭をよぎる。

その時、突然屋上の方から木が裂けるような大きな音が鳴り響いた。

(な、なに!?)

驚いて外に出ると、折れた木の横に倒れ込んでいる陽蓮の姿があった。

「陽蓮さん!」

慌てて駆け寄り、体をさする。

すると陽蓮は、「うう……」と小さくうめいた後に、ゆっくりと目を開けた。

「やあ、こんにちは」

何事もなかったかのような笑顔を見せる。

「やあ、じゃないですよ! 大丈夫ですか!?」

「うん、ちょっと木登りしてたら、木が折れちゃってさ。僕ってけっこう重かったんだね」

「木登り!?」

(大の大人が木登りするってどういうこと!)

朱熹は眉根に皺を寄せたままあきれ返った。

「革胡を自分で作ってみたいなと思って、花梨《かりん》の木を探していたんだよ」

「作れるんですか？」

「いや、作ったことないからやってみようと思って」

素人がそんなに簡単に作れるものには見えないけど……と思いつつ、それは口に出さないでおいた。

物事を極めるタイプに見えるから、意外と本格的なものが作れるかもしれない。

陽蓮は起き上がり、服についた汚れを手で払った。見たところどこも怪我をしていなさそうである。

安心した朱熹は、たまっていた嫌みを吐き出した。

「天罰ですね」

「なにの？」

天罰と言われて陽蓮は不服そうな顔を見せる。

「私と陽蓮さんが男女の仲だと言われて、陛下に否定しなかったことです」

「ああ、なに、まだそのことが尾を引いてるの？」

朱熹は黙ったままうなずいた。

「曙光も大人げないなあ。まあ、相手が僕だから余計こじれてるんだろうけど」

「……どういうことです？」

「曙光にとって僕は、どうあがいても勝てない絶対的君主だからね。曙光は忠実なる僕のしもべ。自分より完璧な人間に君が惚れるのもいたし方ないと思っている」

「え……どうして？」

どんなに目をこすって陽蓮を見ても、そんなに素晴らしい人物には見えなかった。たしかに学も教養もある。でも木登りに失敗して落ちるくらい間抜けで風変わりなところがある。

腕は細く、肌も白い。知識では曙光は負けるかもしれないけれど、腕っぷしを見るなら完全に曙光の勝ちだろう。大人と子供くらいの力の差がありそうだ。

でも弱そうに見えるだけで、本当はすごい力を隠し持っているのだろうか。

「小さい頃ね、遊びで曙光に催眠術をかけてみたんだ。ちょうどその頃僕は自分に忠実な腕っぷしの強い下僕が欲しかった」

「まさか……」

朱熹の顔が青くなった。

「本で読んだ催眠術を試してみたら、すっかりかかってしまったみたいで」

陽蓮は悪気なく笑った。

「今すぐ解いてあげてくださいっ！」

朱熹の勢いに陽蓮はたじろぎ、慌てて弁解を始める。

「まさか本当にかかるとは思わなかったんだよ。本にも熟練した技術が必要って書いてあったし、それに曙光以外にかけてもかからなかった。あいつが単純すぎるのがいけないんだよ」

「でも小さい頃にかけたものがいまだに解けてないって、よっぽど強力な催眠術だったってことじゃないですか」

「そんなことないよ。硬貨を糸にぶら下げて揺らすあれだよ。小さい頃一度はやったことあるだろ？」

「ないですけど……」

その催眠術なら朱熹も知っていた。まさかあれで本当にかかる人がいるとは……。

「えー、ないんだあ」と陽蓮は残念そうに言った。

「陛下は、陽蓮さんが皇帝になるために、いつでも玉座を降りるつもりでいます」

「うん、知ってる」

「陽蓮さんは皇帝になるおつもりがあるのですか？」

「ないよ」

やけにあっさりと言われた。

でも、あると言われた方が驚く。陽蓮は皇帝とか政治とかにまったく興味があるように見えない。

「では、陛下にそのことを伝えてください」

「言ったよ、最初に。陽蓮は死んだものとして、曙光に皇帝を継がせるように指示したのは僕だ。これでやっと自由になれると喜んだのに、あいつは僕が皇帝にふさわしいといって聞かないんだ。まあ、そう思い込ませたのはほかでもない僕だけど」

陽蓮が自分の意思で自由な立場にいることに、朱熹はほっとしていた。

もしも陽蓮が本当は皇帝になりたいのに、蚊帳《かや》の外に放り出されているとしたら、あまりにもかわいそうだ。

「でも、このままでは陛下は真に政治と向き合えません。現状維持のままで終わるでしょう。国のためにも陛下のためにもそれでいいとは思えないのです」

必死に訴える朱熹に、陽蓮は冷たく突き放す。

「そんなこと僕には関係ない。それに、覚悟を持てず、僕という逃げ道をつくっているのは曙光だろう。僕に言われたって、あいつが変わらなければ意味がない。絶対的君主を超えてやるくらいの気がなければ国のように大きなものは動かせないんだ」

陽蓮の言い分は、悔しいけれど筋が通っていた。

「でも、こんなにややこしくなったのは陽蓮さんのせいでもあるでしょう！　せめて催眠術を解いてあげてください」

「解き方なんてわからないよ。子供の頃にやった遊びだもの」

「そんな……」

誰が見たって、皇帝にふさわしいのは曙光だ。けれど、曙光自身はそう思ってはいない。
自分よりも力も能力もある人間が近くにいる。そしてその人は自分よりも帝位継承
権は上だった。その事実は、馬鹿真面目な曙光にとって大きな罪を背負っているよう
な気持ちなのだろう。
曙光は兄の呪縛から逃れなければいけない。でも、その縄を引きちぎるのは本人で
なければ意味がない。
陽蓮の言う通り、大きな国を動かすには壁を自力で突破する力がなければいけない。
(陛下のこと腹が立っていたけど、かわいそうに思えてきたわ)
ややこしい大きな壁をつくった張本人は、のんきに革胡を弾いている。
そういえば、初めて会った時に誰かに似ていると思ったけれど、それは曙光だった
のだと気がつく。整った顔立ちは似ていても、雰囲気がまるで違うので兄弟だと言わ
れるまで思い浮かびもしなかった。
陽蓮は皇帝になるつもりなど微塵もないので、問題は曙光の心ひとつ。
どうしたものかと朱熹は頭を悩ませるのであった。

恋の花文

曙光は何者かに命を狙われていた。

皇帝という立場上、命を狙われるのは仕方のないことだ。他国が、とりわけ天河国が曙光を快く思っていないことは自明の理だった。

餡餅に毒を盛られた事件の黒幕も天河国からの密偵の仕業だろう。確定ではないのは、捕らえた者が自害し、いっさいの真実を自らの死によって闇に葬り去ったからだ。証拠がなくては天河国に詰め寄ることもできない。それに今、こちらから動きを見せれば大きな戦になることは間違いなかった。

戦争になれば、有利なのは天江国だ。国の大きさ的にも、武力知力共に天河国を上回っている。

それに、なんといっても天江国には曙光がいる。歴代随一といわれる文武両道最強の皇帝だ。

だからこそ天河国は曙光を亡き者にしたかった。五年前の大災害で多くの皇族が亡くなった今、脅威は曙光ただひとり。天河国にとっては、またとない好機なのだ。

「おい、曙光、また命を狙われたらしいな」

皇帝に向かってこんなにもフランクに話しかけてくるのはただひとり。

女たらしで幼なじみの秦明が、まるで天気の話でもするかのように声をかけてきた。

曙光は広大な庭にある的場で、弓の訓練をしていた。

弓を引きやすいように、右肩の衣は脱いでいる。露わになった筋肉質な上腕は、鍛え上げられた肉体を垣間見せていた。

弓の訓練の邪魔にならないように、お付きの者が二名ほど脇に従っていた。ずんずんと無遠慮に皇帝に近づいてくる秦明を止めるどころか、頭を下げて最敬礼している。

これだけ見ても、秦明が天江国で相当の権力を持っていることがうかがい知れる。

「秦明、ちょうどよかった。的になってくれ」

「馬鹿か、死ぬだろ」

「お前は弓で射っても死なないだろ」

挨拶のような軽口を叩く。秦明は数本立てかけられていた弓を勝手に物色し、一本手に取った。

「勝負をしよう」

そう言って笑みを浮かべた秦明も右肩の衣を脱ぐ。隆起した肩から伸びる上腕は、曙光に負けず劣らず鍛え抜かれた素晴らしい筋肉だった。

「いいだろう」

曙光も不敵な笑みを見せる。

「三本勝負だ。先手は、俺から」

秦明は準備運動もせず、弓を引いた。

勝手にルールを決め、先行も取るという傍若無人ぶりを遺憾なく発揮する秦明に、曙光は文句も言わずに弓の動きを見つめる。

珍しく真剣な眼差しの秦明の手から矢が解き放たれた。ドシュッという音と共に藁《わら》で作られた的の見事真ん中に矢が命中する。

「さすが、俺」

自慢気に笑う秦明をよそに、曙光は射場の位置についた。気負いをまったく感じさせない佇まいと凛とした表情。

弓を大きく引くと、鋭い目線を的に投げかけた。指先から矢が放たれると、正確な軌道を描き、秦明の矢のすぐ隣に命中した。真ん中を狙うだけでなく、刺さっている矢の位置も考慮に入れた正確無比の腕前だった。

「さすが」

秦明からの褒め言葉に、曙光はあたり前だといわんばかりに、ふんっと鼻を鳴らした。

秦明は次の矢の準備にやけに時間をかけながら曙光に話しかけた。

「何度も命を狙われているのに、お付きが二名だけとは警備が軽いな」

「狙われているとはいっても、大きな花瓶が上から落ちてきたり、衣の襟袖に剃刀が仕込まれていたり、本気で殺そうと思っているのか怪しむレベルだ」

「まあ、お前だから無傷で済んでいるが、普通だったら危ないだろう」

「普通だったら、な。だが、俺がその程度では死なないことなど宮廷にいる者なら皆が知っているだろう」

「過信するな。毒を盛られた時は危なかっただろう」

秦明は二度目の矢を放った。また、見事に真ん中に命中する。

「まあ、たしかにあの時は危なかった」

曙光も二度目の的あての準備に入る。

……あの時は、朱熹が助けてくれた。

朱熹のことを思い出すと、胸がずきりと痛む。しばらく来ないでくださいと言われてから、十日が経過していた。もちろん言われた通り、部屋に訪れてはいない。

曙光は弓を引き、再び赤丸で彩られた真ん中に矢を命中させる。互いに寸分のくるいのない最高の位置に矢があたっている。

「最近、朱熹ちゃんのところへ訪れていないらしいな」

秦明はニヤニヤと笑いながら、位置に立った。

「なぜそれを知っている」

曙光の顔が不機嫌そうに曇る。

「五年間一度もお渡りをしなかった皇帝の動向に、宮廷中の興味が注がれるのは当然だろう」

「まったく、私生活にまで関心を寄せるなと言いたい」

「世継ぎをつくるのも皇帝の立派な仕事だぞ」

「その話は聞き飽きた」

秦明は笑いながら弓を引く。最後の一矢だというのに、余計な力がどこにも入っていない。

「奴に嫉妬してるんだろ」

「してない」

「嘘をつけ。ふたりが仲よく革胡を弾いていた時のお前の顔。なかなかの見物だったぞ」

秦明が矢を放つ。最後の一矢も、綺麗に真ん中に命中した。

曙光も真ん中にあてれば引き分け。だが、はずれれば秦明の勝ちである。

「その話はやめろ」

曙光はあきらかに動揺していた。秦明が三発とも真ん中を射止めたことに関してではない。朱熹と陽蓮の話が出たためだ。

「盗られてもいいのか？」

「朱熹は物じゃない」

苛立つ様子を見せながら、曙光は矢を打つ準備に入る。

「皇帝の座も、好きな女も、お前の大切なものを奴に渡してそれでいいのか？」

朱熹も似たようなことを言っていた。

『皇帝の座を降りることも、私が陽蓮さんの妻になることも……、あなたはそれでいいんですかっ！』

初めて朱熹が怒っている姿を見た。

むき出しの怒りと悲しみを真正面からぶつけてきた。

『あなたは国を……自分の手でよくしたいとは思わないのですか！　その程度の責任感で皇帝の座に座っているのですか！』

この言葉は、ずっと曙光の胸に突き刺さっている。

その程度の責任感……。

そんなつもりはなかった。突然皇帝の座に担ぎ上げられた時から、無我夢中でがむしゃらに働いてきた。

若い皇帝と侮られ、他国の侵略を許すまじと武力強化もしてきたし、国を少しでも豊かにして人々が安心して暮らせるように苦心してきた。

国民に寄り添い、民の暮らしを身近に感じ、末端の声に耳を傾けようと謁見の機会を増やした。

その地道な取り組みから朱熹と出会った。決して投げやりな気持ちで政治を取り仕切ってきたわけではない。

朱熹のことだってそうだ。

彼女の気持ちと、亡き両親や先祖のことを考え、自分の気持ちを押し通すことが果たしていいのか迷っているのだ。

好きだと伝えていいのか……。

中途半端な気持ちではなく、真剣に恋焦がれているからこそ、一歩が踏み出せないのだ。

曙光は、最後の矢を放つ段取りに入った。弓を大きく引き、神経を集中させる。

「お前は大切なものを失うのが怖いんだ」

まさに矢を放とうとしたその時に言われた秦明の言葉にハッとして、曙光の指先が揺れた。

矢は美しい軌道を描いて、的に飛んでいく。しかし、矢が貫いた場所は、真ん中の赤丸からほんの少しずれた場所だった。

「よっしゃ！」

秦明は大きくガッツポーズをした。

曙光はまさかはずれるとは思っておらず、呆然と刺さった矢を見つめている。

「ま、待て！　今のは卑怯じゃないか!?」

喜びを隠そうとしない秦明に、曙光は慌てて言う。

「なにが卑怯だ。勝負は勝負。それに、もしも俺がお前の命を狙う立場だったのなら、容赦なくお前の弱みを利用するよ」

「俺の弱み……」

今までどんなことがあっても、心が揺らいだことなどなかった。

こんなにも長く、思い悩むことも初めてだった。自分には弱みなどないと思っていた。

だが……。

曙光は、真ん中からわずかにはずれた矢をじっと見つめた。

「過信するな、わかったな」

秦明は真面目な顔をして、曙光を指さした。

悔しいが、負けは負けだ。曙光は黙ってうなずいた。

(俺は……まだまだ未熟だ)

目を背けていた事実に向き合わなければいけない。周りから最強皇帝と持ち上げられ、若いながらも国を動かし、すべてがうまくいっていたから知らずに天狗になっていた。

うなだれる曙光に、ひと言も声をかけず、秦明は立ち去った。

秦明の言っていることは、いつも耳障りで冗談半分に聞き流していた。周りはいつしか曙光に厳しいことを言わなくなった。

だが、朱熹も、秦明も、曙光のためを思ってきついことを言ってくれた。

（……変わらなければな）

曙光は、心の中でつぶやいた。

（俺は、周りや自分が思っている以上に、弱い人間なのかもしれない。弱い自分を見ないようにしていた。認めろ、俺は弱い。だからこそ、強くなる。これまで以上に強くなって、大切なものを守る。奪われたり、壊されたりなど絶対にさせるものか。俺は強くなる。誰よりも、なによりも強くなって、夢を叶えるんだ）

曙光は、天を仰ぐように空を見上げた。

その眼差しは力強く、決意にみなぎっていた。

曙光に、『しばらくここには来ないでください』と言ってから早十日。

曙光は朱熹に言われたことを律儀に守り、訪れを絶っていた。

（まさか一生、会いに来ない気じゃ……）

朱熹は感情に任せて言ってしまった言葉の重みが身に沁《し》み、後悔していた。

府庫には催眠術の件を聞いて以来、行ってはいない。こちらにまったくその気はなくても、誤解されるような行動は慎むべきだと思ったからである。

けれど、行っても行かなくても曙光はやってこない。

自分が来るなと言ったから当然なのだが、来るなというのは来てほしいという感情の裏返しでもある。

恋する感情は、自分の思いとは真逆のことをつい言ってしまうもの。けれどその幼さが関係性を簡単に壊してしまうことに朱熹は気がついていなかった。

なにしろ初めての恋なのである。自分の中に芽生えた制御不能の感情は、暴れ馬のように朱熹を翻弄《ほんろう》する。会いたいと素直に言うことができないし、伝える手段も思いつかない。

悶々と苦悩する日々を過ごしていると、突然曙光から贈り物が届いた。

今香は、満面の笑みで曙光からの贈り物を朱熹に渡す。

『最近訪れがないから飽きられてしまったのかと心配だったけれど、ちゃんと気にかけてもらえているのね』

今香の心の声が聴こえてきて、苦笑いを浮かべる。

最近の今香は不機嫌だった。陛下の訪れがなくなり、後宮内で朱熹が中傷されていることが原因だ。

心の声が聴こえていなければ、今香は朱熹に同情して中傷に怒っているのだと思うところだが、本音はそうではなかった。

朱熹の評判は、今香の出世に多大に影響する。今香は朱熹に尽くしているように見えるが、内心は朱熹のことはどうでもよくて、自分の出世のことしか考えていない。

それでも、完璧に仕事をこなす彼女を朱熹は慕っていた。

人の関係が利害によって動くことは、幼い頃からわかっていた。それでいいのだ。それが人間なのだ。その上で、関係性を築くことが大事と両親から教わった。

今香に礼を言って、贈り物を受け取ると、早速封を開けてみる。今香は退出せずに、中身が気になるようで固唾をのんで見守っている。

いかにも高級そうな小包みの中に入っていたのは、髪飾りだった。繊細な細工が施され、蝶の形を模した大振りのそれは、とても美しかった。

（素敵……。でも、高そう……）

初めて男性から贈り物をもらった。

とてもうれしいけれど、あまりにも高価そうで気後れしてしまう。

「さすが陛下！　素晴らしい！」

今香は目を輝かせて感嘆の声をあげた。

『これは平民の簡素な家が一軒建つほどのお金がかかっているわね』

今香の心の声に、ぎょっとした。

（この髪飾りが、家一軒分⁉）

「も、もらえません！　こんな高価な物！」

思わず朱熹は手に取った髪飾りを小包みの中に戻した。

「なにをおっしゃっているのですか！　贈り物を返すなど、あなたに気持ちはありませんと言うようなもの。絶対にしてはいけません！」

今香は厳しい物言いでぴしゃりと言い放った。

「でも……」

朱熹は視線を落として、小包みの中に入った髪飾りを見る。

いくら陛下からの贈り物とはいっても、陛下の懐に入ってくるのは国民の血税。平民だった朱熹は、税の重さを身をもって体験している。

髪飾りひとつにお金をかけるくらいなら、もっと街の治安にお金をかけてほしいと思ってしまう。

「やっぱりもらえないです」

朱熹はもとのように丁寧に小包みを直した。

「いけません！　陛下が二度と訪れなくなってもいいのですか！」

今香は怒りを露わにした。けれど朱熹の意思は変わらない。

「気持ちはとてもうれしかったと文を書きます。陛下ならきっとわかっていただけるはずです」

今香はため息を吐きながら頭を抱えた。

『これだから陛下に飽きられるのよ。男心のわからない小娘が、陛下を満足させることなんてできないんだわ』

今香の心の声は、今まで一番辛辣《しんらつ》なもので、さすがの朱熹も傷ついた。

でも今香の意見も一理ある。平民上がりの偽令嬢が、皇帝陛下に意見を申すなんて思い上がりも甚だしい。

好きな気持ちがあふれてしまって、陛下の気持ちを試すようなことを言ってしまった。中途半端な気持ちなら触らないでなんて、よくもそんなことが言えたものだ。

（陛下が私を好きになることなんてあるはずがないのに。そんなこと望むだけ無駄なのに。どうして私はあんなことを……）

急いで文を書き、小包みごと今香に渡し、部屋にひとりになると涙が出てきた。

（ここに来ないでくださいなんて言わなければよかった。もう会えないかもしれない）

文には、会いたいですとは書けなかった。素直になることができない。

「曙光様……」

ふと、名前を口にしてみる。

恐れ多くて呼び捨てにはできない。けれど、様をつけてなら呼べそうな気がする。

（次に会う時は、曙光様とお呼びしよう。名前を呼んだら、あの方はどんな顔を見せてくれるかしら）

そう思い、すぐに次は来ないかもしれないと現実に戻る。

（もう、名前を呼ぶこともできないかもしれない……）

朱熹はハラハラと涙を流し、両手で顔を覆った。


髪飾りを送り返した次の日、落ち込んでいる朱熹に思いがけない出来事が起こった。

「朱熹様！　陛下からの贈り物が届けられました！」

部屋の外から、今香の珍しく興奮し、弾んだ声が投げかけられる。

「え？　そんなまさか……」

朱熹は部屋の扉に駆け寄る。

「入って」

扉を開けた今香は、茎の部分が色紙に包まれた一本の花を手渡した。

「陛下からでございます」

恭《うやうや》しく差し出されたその花を受け取る。

「これは、牡丹《ぼたん》ね……」

薄桃色の可憐な花弁に彩られた大輪の花は、たった一本でも優雅な華やかさを身にまとっていた。

「綺麗……」

青色の薄い色紙は、丁寧だけど少し不器用に巻かれていた。

「皇城に咲いていた牡丹を、陛下自らの手で切られたのでしょうね」

今香の言葉に、朱熹は泣きそうになった。曙光が、朱熹のために、どの花を贈ろうかと選んでいる姿を想像したのだ。

一輪の牡丹の花を、愛おしそうに見つめながら、目に涙を浮かべている朱熹の姿を見て、今香はそっと退出した。なにか声をかけたり、部屋に居続けることが、無粋な気がしたからだ。

朱熹は牡丹を小さな花瓶に飾ると、花鋏を持って庭に出た。そして、庭の中で大木から美しく咲き誇る椿の花を一輪選んだ。

薄桃色の乙女椿という品種で、その愛らしい姿は朱熹のお気に入りだった。

茎の先端に湿らせた綿を巻き、二種類の色紙を使って綺麗に包む。仕上げに細いリボンを茎に巻くと、かわいらしい仕上がりとなった。

感謝の気持ちを伝えたくて、文を書こうと思った。あまり長くならないように、そっと添えるだけの文章を考える。

【うれしくて牡丹の花弁のように舞い上がっています】

椿の花と文を今香に託し、一日中もらった牡丹の花を眺めていた。

好きな気持ちはますます膨れ上がる一方だ。

たとえ、亡き両親や先祖が、皇帝と朱熹が夫婦となることを望んでいなかったとしても、この気持ちを止めることはできない。

（私は、皇帝ではなく曙光様が好きなのだ。真面目で、思いやりのあるお優しい曙光様が好き。好きになった相手が、たまたま皇帝だっただけのこと。きっと曙光様の人柄を知れば、お父様やお母様だって、この力を使うことに賛成してくれるはずよ。私の先祖と、皇族の間になにがあったかは知らないけれど、今の皇帝は曙光様。曙光様の助けになるなら、私の力をお役立てしたい）

朱熹は、腹を据えた。

結ばれてはいけない運命だったのではないかと心を痛めていたが、先祖と皇族のいざこざと自分たちは関係ない。

（もう曙光様を好きな気持ちを抑えたりしない）

朱熹の心は晴れやかだった。

次の日も、曙光から贈り物が届いた。

一輪の白い芍薬《しゃくやく》と共に、新たに文が加わっていた。

【君のようにうまくは包めないが俺の気持ちだ】

たった一文、されど一文。

達筆な字で書かれた言葉に、泣きそうになる。

自分のためにわざわざ筆を取ってくれたこと。不器用ながらも、綺麗な青色の色紙で花を包んでくれたこと。それらがうれしくて、感極まって胸がいっぱいになる。

朱熹は喜び勇んで庭に出て、曙光へ贈る花はなにがいいかとあれこれ考える。曙光のことを思い、悩む時間も楽しくて仕方がない。

最初の椿とは違い、今度はたっぷり時間をかけて選んだ。

選んだのは、一輪挿しに適している桃色のガーベラだった。単純に庭に咲いていた綺麗な花を包んで贈る。花言葉の意味はあまり考えず、綺麗な花が咲いていたから摘んでみた、そんな軽い気持ちの方が重くなりすぎずにいいかなと思った。

【今日の空は、あなたがくれた包み紙のように綺麗な色ですね】

一文を書き、そっと花に添える。

会えなくても、心は満たされていた。けれど、会いたい気持ちは膨らんでいく。

初めて抱える感情に振り回されながらも、それすらも楽しく幸せだった。

恋とは、不思議なものだ、と朱熹は思う。

あなたがくれた花を見ていれば、あなたがそばにいるようで寂しくなんかないと思った数秒後に、あなたに会いたくて仕方なくなる。

あなたを好きだという気持ちだけで、心が満たされて幸せなのに、あなたから愛されたらどんなに幸せだろうと欲が出てくる。

あなたのことばかり考えて、頭の中を振り回されて苦しいくらいなのに、その感情でさえも愛おしい。

理屈じゃなく、ひと言では言い表せないこの気持ち。今までとは違う、新しい感情が出てきて、自分のことなのに予測不可能になっている。

曙光から贈られた芍薬の花を見つめながら、自然と笑みがこぼれていた。

皇后の威厳

一輪花の贈り合いが始まって、一週間が経った頃。

今香は、曙光より贈られた百合の花を朱熹に渡した。

「ありがとう」

朱熹は満面の笑みを返す。素人が摘んだ一輪花は、次の日には枯れてしまう。それでも、毎日贈ってもらえるので寂しさはない。

今香は、朱熹になにか言いたげにじっと見つめた。

その目線に気がついて、朱熹は顔を上げた。

「どうしたの？」

「いえ、なにも……」

今香は、慌てて顔を背けた。

『陛下が何者かに命を狙われていると朱熹様にお伝えした方がいいかしら……』

（えっ⁉）

今香の心の声に、朱熹は声をあげそうになった。

朱熹は必死で平静な顔をつくり、なにげないふりを装って聞いた。

「曙光様がお命を狙われているって聞いたんだけど、今香はなにか聞いていない？」

「どうしてそのことを？」

今香は驚いて聞いてきた。

「風の噂でちょっと……」

苦笑いではぐらかすと、今香は朱熹を訝《いぶか》るように見つめた。

『最近どこにも出かけていないし、後宮内で孤立しているのに、誰から聞いたのかしら。もしかしたら外から朱熹様に情報を告げる密偵がいるのかもしれないわ。柴家の令嬢ですもの、世間知らずなお嬢様と侮っていてはいけないわね』

今香は独り合点し、うなずいた。

（私って後宮で孤立していたのね）

なんとなく後宮内で浮いているなあと思っていたけれど、ほかを知らないのでこんなものかと思っていた。

たまに聴こえる今香の心の声は、けっこう辛辣なもので、グサリと胸に突き刺さるのであった。

「数週間ほど前から度々お命を狙われる出来事があったのですが、いずれも子供の悪戯なみに陳腐なものだったようで、陛下はあまり気にされていなかったようです。ですが、最近は、本気で陛下のお命を狙いに来ていると感じるほど内容が激しくなっているそうです」

「たとえばどんな？」

「矢が飛んできたり、有毒の煙を撒《ま》かれたり、などです」

「なっ！　曙光様はご無事なのですか!?」

「もちろんご無事です。お怪我もありません。ですが、天河国の内政悪化と連動するように過激になっているので、恐らく天河国からの密偵が皇城に潜んでいるものとみられます」

朱熹は、餡餅に毒が盛られていた事件を思い出した。

（今こそ、私の出番なのではないのですか、曙光様……）

朱熹は、曙光からなにも告げられていなかったことにショックを受けた。

自分はなんのためにここにいるのか。密偵を見つけ出せるのは朱熹しかいないはずなのに。

いくら皇后とはいっても、自由に宮廷を歩けるわけではない。皇帝に呼ばれたりなどしなければ行くことはできないのだ。

それでも、出られる権限を持っていることが大きい。ほかの女性たちは皇帝から呼ばれても後宮から出ることはできない。

後宮から唯一出られる立場の皇后にしたのは、自由に宮廷を歩き不穏な動きをしている者を見つけるためではないのか。

（どうして私を使わないの？）

朱熹は、ハッとして曙光の言葉を思い出した。

長年皇族に仕えていた朱熹の一族が姿を消したこと。曙光は、心の声が聴こえる能力が再び皇族のために使われるのを、朱熹の先祖がよく思っていないのではないかと懸念していた。そして、朱熹の気持ちを尊重したいと言った。

（もう、なんて頑固なの！　自分の命が危険にさらされているというのに！）

「ちょっと待ってて！　すぐに曙光様に贈るお花を摘んでくるから！」

朱熹は今香にそう告げると、庭に駆け出した。

そして百日草の花を見つめると、急いで色紙に包んだ。

（百日草の花言葉は、遠くの友を思う、そして、注意を怠るな）

しばらく会えずにいる曙光を思う気持ちと、身を案じる気持ち。

朱熹の気持ちを表すのにぴったりの花言葉だ。でも、曙光が百日草の花言葉を知っているとは限らない。

朱熹は今まで出せなかった勇気を出し、筆を動かした。

【覚悟ができました。今宵、お会いできますでしょうか】

文をしたため、百日草に添える。

今香に託し、後は曙光の訪れを待つだけだ。

……覚悟。

文に書いた文字を思い出す。覚悟は様々な意味を持つ。

たとえ先祖の意思に反することになっても、曙光を守る。その強い気持ちの根本にあるのは、曙光をひとりの男として慕う気持ちだ。

好きな気持ちを隠さない。

たとえ実らなくても、愛する人が幸せになるようにこの身を尽くすだけだ。

(曙光様、どうか私をお使いください。あなたのために使われるなら、私は本望です)

朱熹は、覚悟を決めた。

今夜、皇帝のお渡りがあるとのお達しが届き、後宮内は騒めき立った。

朝の訪れを待たずに皇后の部屋を出て以来、お渡りはない。この事実がなにを意味するのか、噂好きの女たちにとって格好の餌食《えじき》とされていたのだ。

それが、久しぶりのお渡りである。彼女たちの話のネタにされるのは当然であった。

一方、心の声が聴こえるにもかかわらず、後宮内の噂話ですら耳に入らない孤立無援の朱熹は、曙光の来訪を今か今かと心待ちにしていた。

あんな別れ方をしてしまっているから、会うのはとても気まずい。どんな顔をして、どんな話の振り方をすればいいのかもわからない。

けれど、曙光を助けるためである。誰かのためと思う時、か細い朱熹の体から想像もつかないほどの勇気と強さが発揮されるのだ。

ついに曙光が到着した。

朱熹はいつものように最敬礼の拱手の体勢で曙光を出迎えた。曙光はなにも言わずにいつもの部屋へと直行する。

酒が置かれている卓に座り、自分で酒を注ごうとしたので、朱熹は慌てて杯に酒を注いだ。

曙光は一気に酒を喉に流し込んだ。ふーっとため息のような深呼吸をする。

この一連の流れに、いっさいの会話はない。互いに、というか、あきらかに曙光の方が緊張している。

朱熹もいつも以上に身構えて曙光の訪れを待っていたので、曙光の緊張ぶりは見ていて痛々しいほどだった。

朱熹は、自分から声をかけなければ、このままずっと沈黙が続く気がした。本題に入りたい気持ちは山々だったが、まずは曙光の緊張を解こうと思った。

「……お花、とてもうれしかったです」

まつ毛を下げ、可憐な花のように頬を染める。

いじらしいほどのかわいさに、曙光は胸が詰まった。

「俺にも返しの花をありがとう。文も……とてもうれしかった」

曙光は朱熹からもらった花と文をとても大切に保管していた。

朱熹は花が枯れる前に押し花にして栞《しおり》を作り大切に残していたが、曙光はそんなことは考えもつかないので、枯れた花を金庫にしまうというおかしなことをしていた。

不器用だが、彼なりに心から大切にしているのである。

「素敵な髪飾りをいただいたのに、お返ししてしまって申し訳ありませんでした」

「いや、女性に物を贈るというのは初めてで、適切な物がわからなかった。受け取る側の気持ちも考えずに……すまなかった」

初めての贈り物だったとは知らず、朱熹は顔が真っ青になった。なんてことをしてしまったのだろうと返したことを後悔するが、高価すぎる物をいただくわけにはいかないとすぐに思い直した。

「お気持ちは十分いただきました。髪飾りもお花も、どちらもとてもうれしい贈り物でした」

朱熹はニコリと笑って、お礼を述べる。

その笑顔を見て、曙光は安心した。

秦明と違って女慣れしていない曙光は女性がなにを喜ぶのかがわからない。思い悩んだ末に選んだ髪飾りだったが、間違った物を贈ってしまったのではないかと気に病んでいた。

しかし、朱熹の笑顔を見て、失敗というわけではなかったのだと安堵した。

「曙光様……」

突然、名前を呼ばれて曙光は驚いた。いつもは陛下と言い、あれほど名前で呼ぶことをためらっていた朱熹が、とても自然な調子で口にしたからだ。

でも、曙光が本来望む呼び捨てではなく、様がついている。

喜ぶべきか、まだ壁があると悲しむべきなのか、曙光の心は複雑に揺れる。

「お命を狙われているというのは本当ですか？」

朱熹は唐突に本題に入った。

探りを入れるように遠回しに聞くべきか悩んだが、ここは素直に直接聞くべきだと判断した。大事なことは、遠回しに聞くべきではない。

「……誰から聞いた？」

曙光の顔が険しくなる。

あまり触れてほしくない話題だったのかもしれないと思いたじろぐが、朱熹は逃げてはいけないと思った。

「心の声が聴こえたのでございます」

名前は言わない。心の声なので、あえて言う必要もないと思った。

「そうであったな。心配させたくなかったので、朱熹の耳に入れてほしくなかったが、隠しごとは難しいか……」

知ってほしくない理由が心配をかけるから。なんとも曙光らしい考えだと思った。真面目で、優しくて、いつだって自分のことよりも相手を優先してしまう。

「私は……心配したいです！」

朱熹は力強く伝えた。

「曙光様の、お役に立ちたいのです！」

（……言えた！）

今日一番伝えたかったことを口にでき、朱熹はうれしかった。

しかし曙光には今ひとつ真意が伝わっていないようだった。

「その気持ちはうれしいが、朱熹を危険な目には遭わせたくないのだ」

曙光も本音が出る。

最初は、朱熹の特異な能力欲しさに皇后の位を与えた。ただ、初めて会った時から朱熹に惹かれていたのは事実だ。そうでなければ、結婚などしない。

たしかに皇后という立場は一番融通が利くが、好意のない者と婚姻を結ぶほど、曙光は冷酷ではなかった。

「ではなぜ、私を皇后にしたのですか？」

「それは……」

一番近くに置きたかったからだ。

特異な能力だけでなく、朱熹という女性含めて、欲しかったからだ。

いつも熟考する自分が、あの時はまるで強烈な感情に突き動かされるかのように勅命を言い渡した。

……君が、欲しかったからだ。

そんなことは、もちろん言えない。

「あの時とは状況が違う。あの時は、朱熹や一族の気持ちを深く推察することができていなかった」

朱熹や一族の気持ちをまったく考えずに婚姻を結んだのではない。皇后という位は、一番高い地位なので、喜んでくれると思っていた。

けれど朱熹は、地位や権力などには興味のない女性だった。結果、朱熹の気持ちを無視して無理やり結婚した形となってしまった。

そして、心の声が聴こえる一族がいたというのは、曙光の生まれる前の話であり、伝説や架空の昔話のように曖昧で現実味のないものだった。そんな一族が本当に実在するのなら会ってみたい、という程度で、彼らの感情を深く考えることができなかった。

「それなら、私の気持ちは固まりました」

朱熹の言葉に、曙光は身構えた。

今日届いた文に、覚悟ができましたと書かれてあった時から、曙光も覚悟を決めなければいけないなと思っていた。告げられる言葉はわかっている。

だからこそ、今まで以上に緊張していたのだ。

「私は曙光様をお守りしたいです。おそばに……いたいです」

「……え？」

予想していた言葉と、まるで正反対の言葉が返ってきて、曙光は固まった。

朱熹は、自分のもとを去るだろうと覚悟していた。両親含む、先祖の気持ちや、なにより自分のことを考えて、後宮を出るだろう、と。

名誉や財産で動くタイプではないので、きっと自由を求めてもとの生活に戻ると確信していた。

それなのに、自分のそばにいたい、だと？

「どうして……」

曙光は唖然として、つい思ったままを口にする。

どうしてと言われ、困ったのは朱熹だった。答えはあまりにも簡単だった。

曙光が好きだからだ。

彼を支え、守っていきたい。自分にできることがあれば役に立ちたい。

先祖がなぜ突然姿を消したのかはわからない。曙光が言う通り、皇族に嫌気が差したのかもしれない。

それでも、それは先祖の気持ちであって、朱熹の気持ちとは関係のないものだ。

曙光は、天江国の皇帝として誇るべき人柄だと朱熹は確信している。だから、曙光のために能力を使うのが悪いことだとは思えないのだ。

しかし、それを素直に曙光に言っていいものなのか……。

突然好きと言われたら、曙光は面食らうだろう。自分より相手のことを気にかけてしまう男である。朱熹の恋心を利用することに戸惑いを覚えるかもしれない。

「曙光様に立派な皇帝になってほしいからでございます」

これなら嘘じゃない。朱熹は悩んだ揚げ句、うまい返答を思いついた。

「だが、兄上が……」

「曙光様がいつ皇帝の座を降りられるかは、私が口を出す問題ではありません。しかしながら、私は曙光様に天江国を立派な国にしていただきたいのです。国民は貧富の差が激しく、災害や疾病に苦しんでおります。私は平民だったからこそ、そのつらさを知っているのです。助けたいのです。苦しんでいる人々を。目に映る人も、見えない人も、等しく平等に手を差し伸べたい。曙光様となら、それが叶う気がするのです」

朱熹の言葉に、曙光はまるで雷が落ちたかのような衝撃を受けた。

朱熹の目は、キラキラと輝いている。まるで、曙光が小さい頃に、両親たちの前で夢を語った時と同じような瞳の輝きだった。

そして、幼き日の曙光が語った夢の内容と同じようなことを朱熹が口にした。

『いつか、天江国を誰もが幸せで安心できる立派な国にしたい。遠くに離れて見えない人にも手を差し伸べて助けてあげたいんだ！』

六歳か七歳頃の曙光は、目を輝かせて夢を語った。しかし、両親やおじさんおばさん、皇族の一派は、曙光の夢を鼻で笑って聞き流した。

『見えない人にどうやって手を差し伸べるんだ』

そう言って彼らは笑い、幼い曙光はすっかり消沈してうなだれた。

曙光の夢を笑わなかったのは、陽蓮と秦明だけ。けれど、あまりの恥ずかしさに二度と人前で夢を語ることはしなかった。

自分にはできないのだろうとあきらめようとしていた。夢は夢である。叶う者と叶わぬ者がいる。自分にはできなくても、支える側になればいい。そう思って蓋をしてきた。

だが、朱熹の話を聞いて、自分にもできるような気がしてきた。

直接会えない者でも、声なら聴こえるのではないか。声なき声を聴ける朱熹がいれば。

もちろん、遠く離れた者の声は、朱熹にも聴こえない。声というのは比喩であって、その手段は文でも一揆でもなんでもいい。声なき声に耳を傾けようと意識することが大事なのだ。

「朱熹……」

思わず曙光は手を伸ばし、朱熹の頬に触れた。

朱熹は真っ直ぐに曙光を見つめる。

「朱熹……」

再び名前を呼び、こらえきれなくなって、抱きしめる。

胸に湧き上がる強烈な感情。朱熹を想う、愛しい気持ち。もうこの気持ちを抑えたりなどしない。

朱熹は驚きながらも身を任せた。拒む理由などなにもない。

曙光は、湧き上がる気持ちを抑えようとぐっと腕に力をこめる。

『愛している……』

突然、聴こえた心の声。

心の声は、外に発せられた声とは微妙に異なって聴こえる。まるで電気を通すように振動の波長がずれている。

だから、声に出した言葉なのか、心の声が聴こえたのか区別することができるのだ。

（今のは、曙光様の心の声？）

初めて聴こえた曙光の心の声は、まるで朱熹の胸に響くように届いた。強い気持ちであればあるほど、聴こえ方が変わってくる。

謁見の間で、たくさんの官吏が心の声を漏らしていたにもかかわらず、曙光を殺そうとしていた男の声がはっきりと聴こえたのはそのためだ。

心の声は、意思とつながっている。

「あの……今……」

朱熹は驚きの顔で、曙光を見上げた。

「ん？」

曙光はなぜこれほどまでに朱熹が驚いているのかわからない。

「今……心の声が……」

震える声で朱熹が告げた時、キラリと光る鋭利なものが曙光の目に映った。

「危ない！」

曙光は朱熹を自分の体で包むように抱きしめた。

横から突如現れた黒ずくめの男は、曙光に向かって刃の切っ先を振り下ろす。曙光は身を挺《てい》して朱熹を守りながら、刃をかわした。

曙光に抱きしめられながら、なにが起きたのかわからず顔を上げると、曙光の真剣な眼差しがあった。敵を射るようなその表情、いつもの落ち着いた雰囲気とは違って、男らしく力強い姿にドキッとする。

その時だった。

『守らなければ』

朱熹の胸に直接届くように心の声が聴こえた。ただ心の中でつぶやいた声とは違う。とても強い意思がなければ、このようには聴こえない。

一瞬、曙光の心の声が再び聴こえたのかと思ったが、曙光の声とはあきらかに違う。その声をどこかで聞いたことがある気がした。

奇襲が失敗に終わった黒ずくめの男は、曙光に再び襲いかかることなく逃げることを選んだ。真正面から戦っても勝ち目がないことをわかっているらしい。

曙光は逃げる黒ずくめの男を追いかけようとするが、朱熹のことが心配で追う足が止まる。

「大丈夫か!?」

「は、はい。私は大丈夫です。それより、あの男を捕まえなければ……」

再び曙光が襲われてしまう。

朱熹は恐怖で震える体を必死で抑え、曙光にあの者を追うように促した。

曙光も、朱熹が無事であることを確認し、安心したように逃げる男の後を追う。

いくら俊足の曙光でも、この一連のやり取りによる遅れを取り戻すのは難しい。

黒ずくめの男は、朱熹の庭の塀を梯子《はしご》で登り、外へ脱出をしていたところだった。

梯子は男が朱熹の部屋に侵入するために用意したものだろう。

男の姿は瞬く間に消えた。

「あの黒ずくめの男を捕らえよ！」

曙光の声が後宮内に響き渡り、夜の帳《とばり》が下ろされ静まり返っていた城内が騒然となる。

朝廷ならいざしらず、ここは後宮。女だけの城である。曙光の呼びかけに応じ、男を捕らえられる者はいない。

曙光は軽やかな身のこなしで塀を登り、追いかける。

庭の外は生い茂る林となっていた。男の姿はもう見えなくなってしまったが、まだあきらめない。

今まで姿を現し、ここまで近づいてきたことはなかった。この機会を逃したら、捕らえることは難しくなる。

「痛たたた！」

暗闇の中から苦しみの叫びをあげる男の声がした。

その方向に走っていくと、黒ずくめの男の肩をねじるように押さえ、地面にひれ伏す体勢にさせて見事に捕らえていた者がいた。

「よくやった！」

曙光は武官か一兵卒が男を捕らえたと思い、喜びの声をあげた。

しかし、近づいてよく見てみると、黒ずくめの男を捕らえた者は、曙光のよく知っている男だった。

「なんか捕らえよって声が聞こえたから捕らえたんだけど、これでよかった？」

陽蓮はのんきに声をかけた。

「兄上、なぜここに……」

林の中とはいえ、ここは後宮の敷地内である。男性が入っていい場所ではない。

「後宮に革胡の原材料の木が生えているって聞いたからさ。僕、革胡を自分で作ってみようと思ってるんだよね」

陽蓮はまったく悪びれずに言った。

結果的に黒ずくめの男を捕らえたのだから、夜中に後宮に忍び込んでは駄目ですよと注意することもできず、曙光は苦笑いを浮かべた。

ついに、皇帝の命を狙っていた者が捕まった。

喜ばしい知らせであるはずなのに、朱熹はショックで深く落ち込んでいた。黒ずくめの男は、朱熹がよく知っている者だった。

九卿のひとり、林冲。いつも府庫まで案内してくれた、人のよい老臣である。心の声だって、たくさん聴いていた。それなのに、どうして気づくことができなかったのだろう。

一方、宮中も皇帝を暗殺しようとしていた者が、九卿のひとりであったことに驚きで包まれていた。

しかも、林冲をよく知る者であれば、その驚きはひとしおだった。

なにしろ会議中に居眠りをして、いくら怒られてものほほんとしている老臣なのである。仕事では楽をしようとするところはあるが、人望が厚く、いざという時の決断力は速く正確だった。文官ではあるが、昔は武官よりも強かったという昔話まである。なぜ九卿なのかと不思議がる者もいるが、なるべくしてなったというのが、林冲をよく知る者の見解である。

その林冲がなぜ……。

林冲が捕まり、混乱する宮中を鎮めるため曙光は忙しかったが、朱熹がとても落ち込んでいるという知らせを聞いて、無理やり時間をつくって会いに来た。

いつもは夜の訪れだが、今日は夕刻だった。

曙光は朱熹の部屋に入るなり、いきなり朱熹を抱きしめた。驚きながらも、朱熹は曙光の背中に手を回し、あなたを受け入れますという合図を送る。

甘い雰囲気になりながら、曙光は残念な知らせを告げた。

「すまない、半刻しか時間が取れなかった。すぐに戻らねばならない」

「大丈夫です。お忙しいのに会いに来てくれてありがとうございます」

本当はとても悲しかったが、そんなことは口にはできない。

「ずっと一緒にいたい」

曙光は朱熹を強く抱きしめた。

「そのお言葉だけで十分です」

朱熹も曙光を強く抱きしめ返す。

「できればこのままでいたいが、話さねばいけないことがある」

朱熹は、曙光から体を離し、顔を見上げた。

「林冲のことですか？」

「ああ、そうだ」

曙光の目はとても悲しそうだった。

曙光も、まさか犯人が林冲だとは夢にも思っていなかったらしい。

「林冲は、天河国の密偵であった」

「いつから？」

「おそらく、最初から。とはいっても、林冲が天江国の文官となったのは二十五年ほど前のことらしい」

それほど長い間、林冲は皆を騙し続けてきた……。

人に害を及ぼすとは到底思えない人だったのに。

「私、林冲とよく一緒にいたのに、気づくことができませんでした。林冲は心の声がよく聴こえる人でした。悪い人ではなかったんです。それなのに、どうして……」

朱熹は林冲が密偵だったとはどうしても思えなかった。密偵であれば不穏な心の声が聴こえたはずだ。けれど、林冲からは少し天然なところはあるけれど、温かい心の声しか聴こえなかった。

「どうやら林冲は心の声が聴こえるらしい」

衝撃的なひと言に、朱熹は言葉を失った。

「心の声が聴こえるから、朱熹に対して聴こえても問題ない心の声をわざと聴かせていたんだ。本当の心の声は隠して……」

「そんな……そんなことが、できるのですか？」

「理論上は可能だろう。心の声を聴こえなくするすべはある。現に俺の心の声は聴こえないであろう？　心の声をコントロールし、隠したり発したりすることは、やろうと思えば俺にもできるはずだ」

朱熹も騙されていたと、今さらながらつらい現実を突きつけられる。

信じきっていた。まさか心の声が聴こえることを逆手に取られるとは……。

「それで、林冲は今どこに？」

「牢獄に収容されている。刑は五日後に執行される」

「刑……？」

「もちろん、死刑だ」

朱熹の体から血の気が引いていった。

死刑……。それは当然のことと思える。長年、皆を騙し続けてきた。朱熹だって騙されていた。

あんな人のよさそうな顔をして、心の中では皇帝を暗殺しようと企てていたのだ。

けれど……。

朱熹は胸にずっと引っかかっていたものがあった。

『守らなければ』

曙光を殺そうとした時、林冲から心の奥底の声が朱熹の胸に響いたのである。あれは、とても強く思った時にだけ聴こえる、本当の心の声。

誰を守ろうとしていたのだろう……。

「ああ、もう時間だ。林冲の件が正式に終わるまで、会いに来る時間が取れそうにない」

曙光はとても申し訳なさそうに言った。

「大丈夫です。待ってますから」

林冲の件が正式に終わるというのは、五日後の死刑執行の日を指しているのだろう。五日経てば、ようやく落ち着く。けれど、喜んで五日後を待つ気にはなれない。林冲が死ぬのである。

「じゃあ……」

曙光が名残惜しそうに、朱熹の頬をなでる。

「また……」

朱熹も離れたくない気持ちを押し殺して笑顔を向ける。

曙光が朱熹の部屋を去った。

林冲から襲われる前、曙光は心の奥底のとても強い思いを心の声で漏らした。当人はまだ、その声が朱熹に聴かれたことに気がついてはいない。

（あの時聴こえた心の声のことをまた聞きそびれたわ……）

早く聞きたい。本当に朱熹のことを愛しているのか。

もしも曙光が認めてくれたら、朱熹も告げるのだ。

私も愛しています、と……。


曙光から林冲の死刑が執行されると聞いた翌日の朝。朱熹はずっと、胸に嫌な感じのするもやもやを抱えていた。

気になるのは、『守らなければ』という林冲の心の声。どうして曙光に言わなかったのだろうと後悔でいっぱいだった。

あの時は、林冲に騙されていた事実がショックだったし、林冲が心の声を聴けるということも驚きだった。

曙光と話せる時間は半刻しかないというのも、朱熹の冷静な判断を曇らせた。時間が経つにつれて、やはり言うべきだったという結論に至る。

言ったところでなにかが変わるのかと問われれば、それはわからない。たいして重要なことではないかもしれない。でも、林冲にとってはとても大事なことに違いないのだ。

林冲を狂気に走らせる核となる部分が、あの『守らなければ』という声だった。

(知りたい、林冲がなにを守ろうとしていたのか……)

曙光は忙しく、林冲の件が終わるまで会えないと言っていた。

ならば、文を書こう。手遅れになる前に、林冲の心の声を届けなければ。

朱熹はそう決めると、急いで筆を取り文をしたためた。そして今香に文を託す。

（これで大丈夫。後は曙光様が調べてくれるはず）

調べても、死刑は免れないかもしれない。それでも、なにもせずにいるのは嫌だった。

ようやくもやもやが晴れて安堵していたのも束の間、朱熹の文は曙光に届かず戻ってきた。

「申し訳ありません。陛下は今朝早く宮中を出られたそうなのです。お戻りになるのは四日後だと……」

四日後……林冲の刑が執行される日。

（それでは間に合わないわ！）

朱熹は居ても立ってもいられなくなり、陽蓮に会いに行こうと思い立った。革胡ばかり弾いている変わり者かと思っていたら、曙光の兄でれっきとした皇族のひとりであるし、林冲を捕まえたのも彼だ。きっと、助けになってくれるはずだと思った。

「府庫に行くわ」

朱熹の言葉に、今香は眉を寄せた。

『こんな時にまた府庫？』

今香のあきれるような心の声が聴こえてきた。

（こんな時だから行くのよ！）

と朱熹は心の中で叫ぶ。

「……わかりました。案内役を探してまいります」

今香は忠実に朱熹の命令に従い、部屋を出ていった。

しかし、待てども待てども今香が帰ってこない。昼を過ぎ、日が傾き夕刻に近づく頃、ようやく今香がやってきた。

「お待たせいたしました。なにぶん、これまで案内役を務めていた者がいなくなったため、代わりの者を探すのに時間がかかりました」

「ありがとう！」

朱熹は今香に礼を述べるやいなや、走って部屋を出ていった。

新しい案内役は、不愛想な年若い武官だった。どうして自分がこんな仕事を押しつけられなきゃいけないんだと不満げな様子が心の声を聴かずとも顔に出ていた。

「ごめんなさい、私急いでるから、あなたも一緒に走ってくださる？」

朱熹は案内役をうしろに従わせて走った。

芸術の森に着くと、案内役に外で待っているよう伝える。中に入り、陽蓮との会話を聞かれると面倒だと思ったからだ。案内役は渋る様子もなくうなずいた。芸術の森にまったく興味がないらしい。

朱熹はひとりで中に入っていくと、一直線に屋上へと急ぐ。

「陽蓮さん！」

朱熹は扉を開けるなり、大きな声で呼んだ。

すると陽蓮はいつもの場所で、木にやすりをかけているところだった。

「やあ、久しぶりだね」

陽蓮は朗らかに笑った。

朱熹は汗だくになり、息の上がった状態で陽蓮に近づく。

革胡は弾いていないが、なにをしているのかはすぐにわかった。革胡を作っているのである。

後宮に忍び込んで木を探していたところに、林冲がやってきたと聞いた。

「今日は……陽蓮さんにお願いがあって来ました」

朱熹は息も絶え絶えに言った。

「お願い？」

陽蓮は一瞬、眉を少しだけ上げた。

「そうです。あなたが捕まえた林冲のことです。曙光様を襲った時、林冲が『守らなけれぱ』と言ったのです。切羽詰まった、とても強い気持ちのこもった声でした」

「へー、だから？」

陽蓮は興味なさそうに答えた。

朱熹はそれでもなお陽蓮に詰め寄った。

「林冲の死刑執行が四日後に迫っていて、それまでに林冲が誰を守ろうとしていたのか知りたいのです」

急ぎすぎて、自分でもなんて説明が下手くそなんだろうと嫌になった。けれど、陽蓮はこの下手くそな説明でも要点を掴んでくれたらしい。

「知ってどうするの？」

「誰かを守るために仕方なくやったことなら、死刑を免れるかもしれないじゃないですか」

「皇帝を暗殺しようとした罪は、いかなる事情があっても死罪だと思うけど」

「そうかもしれません。でも、曙光様なら事情を知れば許してくれるかもしれない」

「まあ、あいつは甘いからね。よっぽどの事情なら考えられなくもない」

朱熹の顔がパッと輝いた。どうして林冲が曙光を襲ったのか。林冲の『守らなければ』と言った心の声を頼りに調べれば、彼は死罪を免れるかもしれない。

「それで、僕にどうしろと？」

「調べてほしいのです」

「曙光様に頼めばいいだろ」

「曙光様は宮中を出られてしまって伝えることができません」

「じゃあ、自分の伝手《つて》を使って調べれば？」

「私は平民出身なんです！　伝手なんてありません！」

必死で頼んでいるのに、陽蓮はまるで暖簾に腕押しで聞く気がない。

「僕だって同じようなものだよ。僕はもう、死んだことになっているんだ。僕にできることなんてない」

「でも……皇族ではないですか！　その気になればいくらでも……」

陽蓮は、初めて朱熹に対して冷たく鋭い眼差しを向けた。

「君は皇后だろ。皇族の力を失った僕よりよっぽど力がある。とんでもなく大きな権力を握っていながら使おうとしないのは、僕ではなく君の方だ」

陽蓮に初めて皇族としての風格を感じた。朱熹は迫力に圧倒されて、ぐうの音も出なかった。陽蓮の言っていることは正論だということもある。

朱熹はあきらめて後宮に帰ることにした。

行きとは違い、すっかりうなだれて歩みの遅くなった朱熹に、案内役は面食らいな

がら も、黙ってついてくる。

自分の部屋に戻ると、朱熹は寝所に横たわった。

無力感が襲ってくる。自分は、ひとりでは宮中も歩けない不自由な身。こんな自分に、なんの権限があるというのだろう。

……なにもできない。曙光様がいなくては、ただの女。

はりぼての令嬢で、なんの伝手もない。なんの役にも立っていない。

心の声が聴こえるという理由で皇后になったのに、とても近くにいた密偵に気がつかなかった。

朱熹は大きなため息を漏らす。

(私はなんて無力なんだろう……)

絶望感で打ちひしがれていると、ふと、『守らなければ』と言った林冲の言葉を思い出した。

(……まだ、あきらめるわけにはいかない)

朱熹はむくりと起き上がった。

たしか、今香は侍従長である甘露の紹介で女官になった今香子爵の娘。自分とは違って、本物の令嬢だ。なにか伝手があるかもしれない。

今香を部屋に呼び寄せると、朱熹は断られることを覚悟で話を切り出した。

「あの……急ぎで調べてほしいことがあるの」
朱熹はおずおずと申し訳なさそうに言った。
「なんでしょう？」
今香は、いつものように冷静な態度を崩さない。
「林冲が私の部屋に忍び込み、曙光様を襲おうとした時、『守らなければ』と言った
のを聞いたの。私はどうしてもこのひと言が気になって仕方ない。刑の執行は四日後。
それまでに誰を守ろうとしていたのか知りたいの」
朱熹は、心の声が聴こえたとは言わなかったが、今香にはこの説明で十分なよう
だった。
「林冲は、天河国からの密偵だったそうですね。となると、林冲を調べるには天河国
に内通者を送り込まねばいけませんね」
「そう……ね……」
今香から具体的な案を言われて、自分がいかに無理難題を頼もうとしているのかが
わかる。
今香は正真正銘の令嬢とはいっても、後宮で働く女官。天河国に内通者を送り込む
なんて、できるはずが……。
「わかりました。刑の執行までに調べればいいんですね」

今香は淡々と返事をした。

「え……できるの？」

まさか承諾してもらえるとは思っておらず、朱熹は面食らった。

「皇后付きの女官が、ただの世話係しかできないとお思いですか？」

今香は不敵に微笑んだ。

『ようやく私の本領を発揮できる日が来たわ。毎日雑用ばかりで飽き飽きしていたのよ。それにあの林冲っていう老臣、怪しいと思っていたのよ。国内で調べても不審な情報は得られなかったけれど、天河国なら情報が掴めるかもしれないわ』

今香のワクワクしているような心の声が聴こえてきて驚いた。

（今香はいったい、何者……？）

朱熹の探るような目に気がついた今香は、自身が皇后付きの侍女になった経緯を語った。

「皇后付きの女官には、どんなことにでも対応できるように訓練された選りすぐりの子女が送り込まれるのです。私にできぬことなどありません」

今香は自信満々に言った。

とても優秀な女官だと思っていたけれど、まさかそんなこともできるとは……。あらためて、皇后というのはとても恵まれた立場なのだと知る。

『とんでもなく大きな権力を握っていながら使おうとしないのは、僕ではなく君の方だ』

陽蓮の言葉が思い起こされる。

朱熹が望めば、他国のことでさえも調べさせることができる。今までは、自分が手にした莫大な権力に気づいていなかったのだ。いや、恐れ多くて使うことが怖かっただけだ。

宝の持ち腐れだったと朱熹は気づく。

問題は、この宝をどう使うのか。私利私欲のために使うのか、世の中のために使うのか。

（私は、命を救うために使うわ）

林冲が、死刑に値するほどの極悪人とは思えなかった。なにか理由があるのだとしたら、その内容によっては死刑を回避することができるかもしれない。

「今香、お願いね」

朱熹の言葉に、今香は力強くうなずき、足早に部屋を出ていった。

（あと、私にできることは……）

ひと晩、寝ずに考えた結果、朱熹は再び府庫に行くことにした。朝一番に「府庫に行きたい」と言ったにもかかわらず、案内役が後宮に来たのは昼を過ぎていた。

府庫に着くやいなや、朱熹は片っ端から書物を床に広げて読み始めた。

一心不乱に読み進めている朱熹の姿を見つけた陽蓮は、あきれたように言った。

「林冲のことは諦めて、読書で現実逃避でも始めたの？」

朱熹は顔を上げ、陽蓮の目を真っ直ぐに見つめた。

「いいえ、私にできることをしているのです」

朱熹の雰囲気が少し変わったことに、陽蓮は驚いた。目の奥に覚悟が見える。

「君にできることが読書？」

陽蓮は馬鹿にして煽《あお》るような口ぶりで言った。朱熹の覚悟を見定めるためである。

朱熹は怒るでもなく、淡々と答えた。

「はい、学ばなければ戦いの土俵にすら立てません。自分にはなにができるのか調べているのです」

陽蓮は、朱熹が床に広げている書物を見た。

「なるほど、それで天江国の歴史や制度を読んでいるわけか」

「はい、なにか糸口が見つかるかと思って。それに、今後の役にも立ちそうですし」

「まあ、今の君にできることっていえば確かにそれくらいだし、今の君に足りないものも、国の勉強ではあるけどね。ただ、今は林冲を助けたいという目的があって、残り時間が少ないわけだから、もっと効率的に的を絞らないと意味がないよね？」

真っ当な意見に、言い返すこともできない。でも、今の朱熹はあまりにも知識が足りなさすぎて、なにが必要でなにが必要でないのかすらわからない。

すると陽蓮は、府庫の奥へと行き、数冊の書物を持ってきた。

「これは？」

「彼を知り己を知れば、百戦して殆《あや》うからず。孫子《そんし》の有名な言葉だ」

陽蓮が持ってきたのは、官位や階級の任命一覧や、役職ごとの仕事内容が書かれた書物だった。

どうしてこれを持ってきたのか朱熹にはわからず、半信半疑ながら渡された書物をパラパラとめくった。

「君は朝廷にすら入ることができない。皇后の権力は絶大だとはいっても所詮はその程度で、政治に干渉することを許されてはいない。そこをどう乗り越えるのか」

朱熹は書物を読みながら、女でも朝廷に入り込む方法を思いついた。

「私の能力を活かすのね」

ポツリとつぶやいた言葉に、陽蓮はニヤリと口角を上げた。

今香が情報を手に戻ってきたのは、死刑執行当日の早朝だった。

「遅くなりまして申し訳ありません！」

実家に戻り、様々な手配をしていたという今香は、馬車で後宮に帰ってきたばかりだった。寝不足なのか、目の下にはクマができている。

「いいえ、大丈夫よ。刑の執行は昼過ぎと聞いているから。それよりもとても疲れた様子だけど大丈夫？」

「朱熹様こそお痩せになったのではありませんか？」

「私は大丈夫よ」

虚勢を張ったが、実はあまり眠れていないし、気になって食事も喉を通らなかった。

「とりあえず、集めた情報をお聞きください」

朱熹は黙ってうなずいた。今香は、調べ上げた情報を読み上げる。

その内容は、驚くべきものだった。

林冲は、ある特殊能力を持っていることが天河国皇帝に知られ、家族もろとも捕らえられた。家族を人質に取られ、林冲はひとりで天江国に密偵として入り込む。その間、定期的に天江国の情報を天河国に渡していた。しかし最近になって天河国の内政が悪化し、林冲に天江国皇帝暗殺の指令が下りる。

「子供騙しのような方法で暗殺を謀っていたのは、恐らく天河国に対するアピールであったと考えます。家族を人質に取られているゆえ、断ることはできなかったのでしょう」

今香が、私的な感想を述べる。

『守らなければ』という言葉は、家族のことだったのかと朱熹は納得した。

いつだったか、林冲がとてもうれしそうに家族のことを話してくれたことがあった。心から大切にしていることが伝わってきた。そんな愛する家族と離れ離れとなり、林冲はさぞつらかっただろうと思うと心が痛んだ。

「だんだんと暗殺方法が過激になっていったわよね。それはやっぱり天河国からの圧力のせい？」

「そうだと思われます。天河国皇帝の兄弟間で覇権争いがありまして、決着した時期と暗殺が過激になった時期が一致しております。おそらく天河国の新皇帝が林冲の直接的な指揮官だったのでしょう」

「新皇帝？　皇帝が代わったの？」

「はい、数週間前ついに大きな内紛が起こり、元皇帝と皇族が殺害されました」

「え……」

他国のこととはいえ、まったく知らなかった朱熹は、ばつの悪さを感じた。

今香は当然知っていたようだ。

天江国の後宮内はいつも平和で、政治の話など聴こえてこない。でも、意識していれば知ることはできたはずだ。

朱熹が、望みさえすれば……。

「天河国の新皇帝は、実の父と兄弟を殺したのです。そのことからもわかるように、とても残忍な暴君であることに間違いありません。林冲は、このままでは人質に取られた家族の身が危ないと考えたのでしょう。あるいは、直接脅されたのかもしれません。林冲に選択肢はありませんでした。家族が殺されるか、天江国皇帝を暗殺するか。追いつめられていたのだと思います」

朱熹は、林冲の心情を想像するだけで、胸が苦しくなった。

「調べの結果をお持ちするのが、こんなにギリギリになってしまったのは、ひとつだけどうしてもわからなかったことがあったからなのです。林冲には特殊能力があるらしいのですが、それがどういうものなのかを知ることができませんでした。申し訳ございません」

今香は深々と頭を下げた。

「ありがとう。これで十分よ。欲しかった情報は届けてくれたわ」

朱熹は林冲の特殊能力を知っているのでまったく気にしていないのだが、今香はとても気に病んでいた。

「ですが、肝心なことが解明できておりません。朱熹様がお許しくださっても、私が自分を許せません。私にできぬことなどないと大口叩いておきながら……」

今香は心底悔しそうに顔をゆがませた。

「今香はとても優秀だわ。短期間でこれだけのことを調べてくれたのだもの。本当に感謝している。後はゆっくり休んで。これから私は、後宮の外に行くわ」

朱熹は覚悟を決めた顔を見せた。

「それでは案内役の手配を……」

「いいえ、必要ないわ。時間の無駄よ」

「ですが、これは慣例で決められたことで……」

「全責任は私が持つ。今香は気にしなくていいわ」

朱熹から、今までにない貫禄と気迫を感じた今香は、驚いて朱熹を見つめた。数日会わなかっただけで、まるで別人のようだ。

これまで世間知らずのおとなしい令嬢だと思っていたのに、殻を破ったような、言い知れぬ力強さを感じた。

「かしこまりました」

今香は、拝礼をして指示に従った。

朱熹は凛とした佇まいで、後宮の門からひとり出る。

慌てた女官たちが、うしろから「いけません」やら「お戻りください」やら口々に騒ぐ声が聞こえたが、朱熹は一度として振り返らなかった。

目指すは、朝廷。

男しか立ち入りを許されない政治の間。

（待っていて、林冲。必ずあなたを救ってみせる）

朱熹に、迷いはなかった。朝廷に向かう道すがら、朱熹は林冲の穏やかな笑顔を思い出していた。

九卿という高い役職にありながら、どこか抜けているところやのんびりとした性格。心の声が筒抜けで、いつもおもしろいことを心の中でつぶやいていて、朱熹は笑いをこらえるのに必死だった。

だがそれは意図して朱熹に聴かせるための心のつぶやきだった。曙光からそれを聞かされた時は、騙されていたと思って傷ついた。

けれど今思うと、あれは林冲の優しさだった。朱熹の心を和ませるための気遣いだった。

曙光を襲った時に聴こえた、心の奥底から湧き上がる強烈な思いが、心の声となって朱熹の胸に響くように届いた。

『守らなければ』

林冲は、家族を守るために必死だった。きっと、曙光を殺したくなどなかったはずだ。でなければ、子供騙しのような手法で何度も暗殺を謀りはしない。

林冲はああ見えて、とても賢い男だ。彼が本気を出して暗殺をしようと考えたのなら、もっと巧妙な手口を使っただろう。

朱熹の部屋に忍び込み、曙光を襲った時も、本気で殺そうとはしていなかったのではないかと思っている。あれはあまりにも雑なやり方だ。

林冲は昔、武官よりも強かったという話があるが、それでも百戦錬磨の曙光と対峙して勝てるはずがない。

まるで、自ら捕まりに行くような……。

(もしかしたら林冲は、曙光様も守ろうとしていたの?)

推測にすぎないけれど、妙に胸にしっくりとくる疑いだった。

(だとしたら、私はなんとしてでも林冲を救わなければいけない。曙光様にお伝えして、死刑を取りやめにしてもらわなければ)

曙光が今朝方、宮中に戻ったことは聞いていた。

まだ間に合うはずだ。朝廷に行き、曙光に会うことさえできれば……。

(忠義ある臣下を守れずして、なんのための皇后か)

皇后になることを望んだわけではない。

莫大な権力も、多くの臣下も、皇帝の正妃であるということだけで、意のままに動かすことができる。

一平民であった自分に、そんな身分を与えられたことに戸惑いと拒絶感があった。

けれど、望む望まないにかかわらず、自分は皇后なのである。天江国皇帝を支え、国民や臣下家臣を守る立場なのである。

それをいらないと放棄することは、尊い命の犠牲を見て見ぬふりをして、自分だけ安穏な暮らしの中で生きるということだ。

富や権力をいかにして使うのか。自分の使命はなんなのか。恐れや謙遜の中で生きていては、救えるものも救えない。

(私は、誰かを守るためなら強くなれる)

朱熹の前に巨大な壁が立ちはだかった。この広大な宮殿こそ、朝廷、またの名を皇《こう》禁城《きんじょう》という。

鮮やかな丹《に》塗《ぬ》りの門にぐるりと囲まれた宮殿は、金箔の瓦で屋根が造られ、龍の彫刻が象嵌《ぞうがん》された太い柱が点在している。

朱熹は、ゴクリと唾をのみ込んで皇禁城に乗り込んだ。

案の定、城に入る前に門兵に立ち入りを拒まれた。

「ここは女人禁制の場所です」

体格の大きいふたりの門兵に見下ろされるように言われると、つい尻込みしてしまいそうになる。

　朱熹は負けじと睨みつける。

「私は天江国皇帝、曙光様の正妻、柴朱熹です」

「もちろん存じ上げております」

「あなたの名は？」

『名前？　名を聞いてどうするつもりだ？　通さなかったら処罰する気か？　だが、ここで通してしまっても処罰される……』

「聞こえなかったのですか？　名乗りなさい」

「……津子豪《つしごう》です」

「陸泰然《りくたいらん》です」

　ふたりは渋々といった様子で答えた。

（衛尉《えいい》の津と陸ね……。確か津家は北宋出身者が多いのよね）

「津家出身ね。北宋のあのこと、私が知らないと思って？」

『北宋のあのこと!?　なんだ、なんのことだ!?　津家と関わりのあることか？　まさか先々代の津家当主が北宋の税を賄賂に朝廷で役職をもらうようになったことを言っているのか!?』

「先々代のこと、昔のことゆえ私の味方になるというならば口を閉ざしてあげましょう」

『やっぱり！　まずいぞ、皇后様の味方にならないと津家が滅びる！』

津家の門兵は戦意消失したかのように項垂れて、道を開けた。しかしもうひとりの門兵が立ちはだかる。

「ここを通すことはできません！」

「あなたの秘密も、私は聞いているのですよ」

『俺の秘密？　なんだ、ないぞ。知られたらまずいことといったら、仕事中に酒を飲んでいることくらいだが……』

「私を通して上から怒られるのと、職務中に飲酒したこと、どちらの罪が重いかしら。大丈夫、あなた方の上司の秘密も知っていますから、ここを通してもあなたたちは罪に問われません」

こうして朱熹は朝廷に入ることができた。しかしながら次々と官位が上の者がやってきて、朱熹を止めにかかる。

朱熹は、肩を掴んだ官吏をキッと睨みつけて叫んだ。

「私を誰と思うておる！」

突然発した朱熹の怒声に、その場にいた全員が固まった。あまりの剣幕に、官吏はサッと手を離して道を開ける。

朱熹は、威風堂々とずんずん中へと入っていく。その風格はまさに皇后の威厳。

「い、いけません！」

「触るでない！　無礼者め！」

位の高い官吏が止めようとするも、朱熹の言葉に怖気づいてしまった。それでも引き下がらない者に対しては、門兵と同じ手法で退かせた。

心の声が聴こえるとはいっても、なにも知らない状況で相手の秘密を聞き出すことは困難だ。だが、役職や出身の繋がりを知っていれば引き出すことはできる。官位が上になればなるほど、やましいことが増えるからだ。

（今回得た情報は、今後私が朝廷に出入りできるようになった時にも使えそうだわ）

ただ、時間がなく雑な聞き方になってしまったため、おかしいことに気付く者が出てくるかもしれない。今後はもっと慎重に対応しないといけないだろう。

（さあ、入ったはいいけど、ここは広すぎるわ。曙光様はどこにいるのかしら）

どこに向かうべきかわからず、とりあえず足早に進んでいくと、「なんの騒ぎだ！」と官吏たちを叱るような声が聞こえてきた。

その男は立派な武官の衣装に身を包んでおり、遠目にも偉い人物だというのがわかる。

彼は走り寄ってきて、騒ぎのもとになっているのがひとりの女性だとわかると足を止めた。そして、男には決して見せない優しい色男の笑顔を向ける。

「やあ、誰かと思えば僕の妹じゃないか」

柴秦明は、驚きよりも、むしろ歓迎の様子で迎え入れた。

朱熹は見知った顔に出会えて、ほっとして肩の力が抜けた。

「お兄様。私、至急陛下にお会いして伝えたいことがあるのです。陛下はどちらでしょうか？」

「おやおや、僕の妹は慣例を無視して朝廷に乗り込んできたようだね。まったくいけない娘《こ》だね。でもかわいい妹のためだ、案内してあげるよ」

秦明は朱熹の肩を抱き、官吏たちから守るように案内を始めた。

「秦明様、しかしここは……」

官吏が慌てて止めようとすると、秦明は唇に人差し指をあて悪戯な笑顔を向けた。

「このことは、内緒だよ」

太尉である秦明に言われたら、もう従うほかない。取り巻きのように朱熹のうしろについていた官吏たちは、めいめいに自らの持ち場に戻っていった。

「ありがとうございます」

朱熹は、偽りの兄に小声で礼を言った。

「いいよ。困っている女の子を助けるのは、紳士の務めだからね。それより、理由はわからないけど急いでいるんだろ？　さ、早く行こう」

朱熹は秦明に促され、小走りで皇禁城を駆け抜けた。そして、最奥にある皇帝の政務室へとたどり着いた。

コンコンコン、と秦明が扉を叩く。

朱熹は走って息が上がっていた。

「今、忙しい。後にしてくれ」

中から疲れきったような曙光の声がした。

「それがさ、至急お前に会いたいっていう子がいてさ……」

「曙光様！　朱熹です！」

秦明の説明を遮って朱熹が声をあげた。すると、すぐに扉が開いた。

「どうして……」

扉を開けた曙光は、まるで狐につままれたような顔で、ここにいるはずのない朱熹を見つめた。

「曙光様、内密にお話ししたいことが……」

額に汗をかき、切羽詰まった様子で見つめてくる朱熹を見て、曙光は「とりあえず中へ」と言って朱熹ひとりを中に入れた。

政務室の正面には大きな黒檀の政務机があり、鳳凰の浮き彫りがある長椅子が置かれている。壁は一面書物で埋まり、調度品は黒系統の上品な色合いで統一されていた。

扉を閉め、ふたりきりとなった曙光は、椅子に座るよう朱熹を促した。

朱熹は首を振り、本題に入った。

「朝廷に入るというご無礼を働き申し訳ありません。いかなる処分も受ける覚悟です。ですが、まずは私の話を聞いていただきたいのです」

「女は朝廷に入るなと決めたのは、俺ではない。思慮深い朱熹が、こんな大胆なことをするとは、大きな理由あってのことだろう？　大丈夫だ、処分などしない。話を聞かせてくれ」

優しい曙光の言葉を聞いて、朱熹は安心した。

きっとこの方ならわかってくださる。林冲の死刑を取りやめてくれる……。

「林冲のことでございます。恐れながら、私の方で調べて林冲についてわかったことがあるのです。林冲は、家族を人質に取られ、陛下を暗殺しろと脅されていたのです。決して本意ではなかったはずです。ですから、死刑というのはあまりにも重い処分かと……」

朱熹が熱く話しだすと、曙光は慌てて話を遮った。

「待て、話したいこととは、林冲のことか？」

「はい。本日昼に、刑が執行されると聞きました。それまでにどうしてもお話ししたかったのです」

曙光は、大きなため息を吐き、額に手を添えた。

「朱熹、そのことだが……」

曙光はとても言いにくそうに朱熹を見つめた。

「はい、なんでしょう」

「もう、林冲の刑は執行されてしまったんだ」

朱熹は、目の前が真っ暗になった。

終章

曙光はその後すぐにまた宮中を出て、大勢の家来を引き連れて天河国へと出立した。

朱熹が朝廷に乗り込んだことはあっという間に後宮内に知れ渡り、朱熹の軽薄な行動を非難する者が続々と現れた。

これまで柴家の令嬢で正妻という絶対的な権威に守られ、表立って批判する者はいなかった。それが、今回の形式を無視する大胆な行動によって、後宮内の規律を重んじる派閥から敵対視される結果となった。

しかしながら、敵ができれば味方もできる。

朱熹の何者も恐れぬ勇気と行動力に、憧れを抱く者も現れた。形式ばかりが増えていき、なんのための規範なのかわからないと疑問を抱いていた彼女たちにとって、朱熹は時代を切り開くカリスマのように映った。

後宮内は朱熹の話題で持ちきりだった。批判と賞賛に囲まれ、朱熹はそれらから逃げるように部屋にこもり続けた。批判だろうが、賞賛だろうが、今の朱熹にとっては、聞きたくないし考えたくない事柄だった。

一念発起し、人生で一番の勇気を振り絞って行動に出たにもかかわらず、救うことができなかった。

もう少し早く行動に出ていれば……。

どうして曙光に林冲の『守らなければ』という心の声が聴こえたと言わなかったのか……。

後悔ばかりが押し寄せてきて、無力感でいっぱいだった。

（なにが皇后よ。たったひとりの命でさえ救えない。私がもっと早く皇后であるという自覚を持っていれば。大きな権力を持っているのにもかかわらず使わないというのは、見殺しにするのと一緒。救える力があるのに、私はできなかった……）

林冲の穏やかな笑顔が脳裏に浮かぶ。

彼は、ただ守りたかっただけなのに……。

長年苦しみ続けて、最後は死刑で亡くなるなんて、あまりにも無情すぎるではないか。

林冲の家族は無事だろうか……。林冲が亡くなったと聞いたら、彼らはどんなに悲しむだろう。

林冲の無念と、残された家族たちの気持ちを考えると、胸が締めつけられて涙が止まらない。

（私は、無力だ……）

心の声が聴こえるという特異な能力を持ち、皇后という大きな権力を与えられながら、なにも成すことができない。

（悔しい……）

悔しくて、悔しくて、悔しくて、悔しくて、自分に対して怒りが込み上げてくる。助けることができなかった自分が悔しい。もっと自分がしっかりしていれば。もっと自分が強ければ、賢ければ。

無力な自分が情けなくて、悔しくて、悲しくて、ただ泣くだけの非力な自分が許せない。

もうかれこれ、林冲の刑が執行されたと聞いて後宮に引きこもってから一週間が経つ。ただ悔やみ続ける毎日に、これでいいのかという思いが湧いてくる。

（私は、これからどう生きていけばいいのだろう。この特異な能力と皇后という立場は変わらない。どんなに無力だと自覚していても、他人に譲ることはできない。私が背負っていかなければいけない宿命なのだ。じゃあ、どうすればいい？）

大きな権力を振るうことを恐れて、ただ自らの安穏のために生きていくことが、果たして正しいのか……。

朱熹は、ふと、ひとりの男性の顔を思い出した。

……陽蓮。

皇族という権威を持ちながら、自ら放棄した人。彼の生き方が悪いとはいえない。彼なりの考えがあって、権力を放棄しているのだとしたら、その考えに触れたいと思った。

共感できるか否かはわからない。逃げているだけだと思うかもしれない。そういう生き方もありだと肯定し、新たな自分の生き方を見つめる機会になるかもしれない。

(知りたい、陽蓮さんはどうして権力を放棄したのか……)

朱熹は居ても立ってもいられなくなり、部屋を飛び出した。

自分はこれからどうするべきなのか。どう生きるべきなのか。陽蓮が答えを持っているとは思わないが、ヒントを持っている気がした。

「朱熹様！　どこに行かれるのですか⁉」

部屋から飛び出て走っていく朱熹を見つけ、今香はびっくりして朱熹の背中に向かって声を飛ばした。

「府庫へ！」

朱熹は振り向かず、走りながら答えた。

「では、案内役を！」

「いらないわ！」

そう言って、朱熹の姿は見えなくなった。

今香はあきれたようなため息を吐き、そして、走れるくらい元気が戻ったことに密かに微笑み安堵していた。

芸術の森に着き、階段を駆け上がる。

そんなに急ぐ必要もないだろうと思うも、気持ちが先走ってゆっくり歩いていられないのだ。

府庫の扉を開け中に入ると、奥の方から人の気配がした。真っ直ぐに屋上へ行こうと思っていた朱熹の足が止まる。

恐る恐る奥へと進んでいくと、小さな文机に座り、居眠りをしている男性がいた。目には大きな黒眼鏡をかけ、長い口髭をたくわえている。頭には頭巾をかぶり、見るからに怪しい雰囲気を醸し出している。

(だ、誰……)

恐る恐る近づいていくと、文机の前に紙が置いてあったので、覗き込んで文を読んでみる。

【私は新しく府庫の番に任命された書孟《しょもう》と申します。目は光に弱く、耳も遠いため、会話は筆談でお願いいたします】

そう書かれた文の下は大きな空欄となっていて、用事がある時はそこに記入して彼に伝えるらしい。

（黒眼鏡をかけているのは、目が光に弱いから？　暗いところなら字が読めるということなのかしら？）

謎が残るが、わざわざ起こして聞くほどのことでもない。

怪しい人だと思っていたけれど、体に不自由があるからこの格好なのだとわかった。

（仕事がなくて、ここに追いやられてきたのかしら？）

なにしろここは、利用者がほとんどいない。来るのは朱熹か陽蓮くらいである。

朱熹は府庫の番が起きないように、そうっと歩き、屋上への扉を開けた。

陽蓮は真新しい革胡を丁寧に磨いているところだった。

（よかった、いた……）

これまでいなかったことはないのだが、陽蓮を見るとなぜかほっとする。

陽蓮は朱熹を見ると、にこやかな笑みを見せた。

「やあ、久しぶり。見てよ、ようやく完成したんだ」

陽蓮は誇らしげに新しい革胡を掲げてみせた。

「すごい、素人が作ったものにはとても見えないわ」

陽蓮の器用さに驚く。突きつめるとことんやる根っからの芸術肌なのだなと思った。

「まあ、僕、天才だからね」

かなり自信過剰な発言だが、陽蓮が言うと嫌みに聞こえない。

実際、本当に天才なのではないかと思う。

「どうして頭もよくて、器用で、なんでもできそうなのに、皇帝になることを拒んだのですか？」

朱熹の問いに、陽蓮は黙った。

自然な流れで聞いたつもりだったが、あまりにも踏み込んだ話題だったのかもしれない。でも、今日はこのことを聞くためにわざわざやってきたのだ。引き下がるわけにはいかない。

「陽蓮さんは、皇族の立場を捨てて、後悔はないのですか？」

陽蓮ではたしかに、皇帝という立場は窮屈さを感じるだろう。けれど、皇帝という立場でなくても、皇族として国を支え指揮していくことは可能だったはずだ。

その力も、権限もある。なのにどうして毎日、革胡を弾いているのか……。

「僕は天才だから、凡人に任せた方がうまくいくこともある」

「え……？」

難解すぎて、凡人には理解できない説明だと思った。

「僕はあまりにもわかりすぎるんだ。五年前の大災害も、林冲が後宮に忍び込んで曙光を襲うことも見えていた」

「見えていた？」

陽蓮はうなずいた。

「予知夢というのかな。はっきりとしたことはわからないよ。犯人が林冲だということは知らなかった。ただあそこに黒ずくめの男が逃げ込んでくるというのは知っていた。曙光と共に大災害を逃れたことも偶然なんかではない」

朱熹は、陽蓮の告白にただただ驚いた。

「……曙光様はこのことを知っているのですか？」

「知らないよ」

「じゃあ、どうして私に教えてくれたのですか？」

「君も僕と同じだろ。君は心の声が聴こえる」

……知っていたんだ。

朱熹は、陽蓮という男の底知れぬ深さに驚きの連続だった。

「そんな力があるならなおさら、どうしてその力を国のために使おうとは思わないのですか？」

「僕は、五年前の大災害を知っていた。皆が死ぬことを知っていながら、助けようとはしなかった。僕は、自分と曙光だけが生き残る道を選んだ」

「皆を助けることができなかったから？」

今の朱熹と同じように、救えなかったことを自分のせいにして、それですべてのことを放棄したのかと朱熹は思った。

しかし、陽蓮の瞳は、恐ろしいほど冷たかった。

「違うよ。わざと助けなかったんだ。彼らは天江国にとって害となると思ったからね」

朱熹は絶句した。

陽蓮は自分の親や親戚を害とみなして、見殺しにしていたのだ。

「わかっただろ。僕はあまりにもわかりすぎてしまう。僕が皇帝になっても国は栄えるだろう。曙光よりもうまくできるかもしれない。けれど、僕が皇帝になれば切り捨てられる者もたくさん出る。僕の考えは、死んだ両親や皇族と同じなんだ。国のためならなにを犠牲にしてもかまわないという自分本位な思考。その考えに嫌気が差して、君たち心の声が聴こえる一族は皇族のもとを離れた。僕はね、この自分本位な考えが嫌いなんだ。でも、結果的にそうしてしまう。僕が、家族を見殺しにしたように」

『僕は、自分が怖いんだ……』

陽蓮の心の声が、胸に響くように聴こえてきた。

陽蓮の心の声を聴くのは初めてだった。その初めて聴こえた心の声は、葛藤や恐怖の色が切実に表れていた。

「曙光だけが、僕らの中で浮いていた。曙光は、国のためではなく、人々を幸せにするために国を栄えさせようと考えていた。僕らの中には根本的にその意識が乏しい。国のために、人がいる。だから犠牲者が出ても痛くもかゆくもないんだ。僕は曙光の考えを聞いて、衝撃が走ったよ。こいつを皇帝にしたら、どんなにおもしろいかと思った。曙光のいう理想の国を見てみたいと思った。だから僕は、家族に死んでもらったんだ」

朱熹は、背筋がゾクッとした。

初めて陽蓮が怖いと思った。陽蓮が手を下したわけではない。ただ、陽蓮はいくらでも家族を救う手立てを考えることができた。

しかし、それをしなかった……。

「僕が曙光の側近として働かないのは、僕がいたら曙光の理想とする国づくりはできないからだ。僕の意思が入ってしまう。僕は無意識に犠牲者を増やす。だから離れて、曙光がつくる国を見ていようと思ったんだ」

朱熹が思っていた以上に、陽蓮は多くのことを考えて、権力を放棄していた。陽蓮の思いを聞くと、朱熹の悩みがちっぽけなことのように思えてくる。

「陽蓮さんは、曙光様に期待しているのですね」

「そうだよ。実際、あいつは実におもしろい政治をする。今回だって、僕ならこれを機に天河国に乗り込んで一気に国土を広げようとしたと思う。こんな千載一遇のチャンス滅多にやってこないのに、あいつはこのチャンスを、林冲を助けることに使った」

「え？」

「これが天江国にとっていいのか悪いのかわからないけど、これからどんなふうに国を操っていくのか、先がわからなくて、本当におもしろい」

朱熹の困惑に気づかず、陽蓮は愉快そうに言った。

「え、ちょっと待ってください。林冲を助けた？」

「うん」

朱熹は、陽蓮が林冲の死刑執行が終わったことを知らないのだと思った。

「陽蓮さん、林冲はもう亡くなっています」

朱熹は、とても言いづらそうに告げた。

「え？　だって、あそこにいるだろ」

陽蓮は府庫の方を指さして言った。

「あそこ……？」

「ここに来た時に会わなかった？　府庫の番をやってるよ」

「えええ！」

朱熹の大声に、陽蓮はうるさそうに目をつむった。

朱熹は大急ぎで府庫へと戻り、奥にいる府庫の番のもとへ行った。黒眼鏡をして口髭を生やし、頭巾をかぶった男はまだ寝ていた。

「り、り、林冲!?」

朱熹が大きな声で呼びかけると、男は起きて顔を上げた。

「おやおや、もう気づかれてしまいましたか」

聞き覚えのある声で男はしゃべり、おもむろに黒眼鏡と口髭をはずした。口髭は、糊《のり》で止めていたようで、はずす時にビリビリと音が鳴った。

「ああ、ごめん。僕が言っちゃった」

驚きすぎて尻もちをついている朱熹のうしろから、陽蓮が気怠そうに言った。

「そうでしたか。朱熹様が気づかれないなら、ほかの人はまず私だとわからないでしょうね」

林冲は自らの変装の質の高さに誇らしげに微笑んだ。

「な、な、なんで……」

朱熹はまるで目の前にお化けが出たかのように驚いている。

ちょうどその時、一階から階段を駆け上がってくる足音が響いた。

「林冲、林冲はおるか！」

聞き慣れた声に、朱熹はまさかと思い、うしろを振り返って府庫の扉を見やった。

すると、曙光が走って府庫に入ってきた。

尻もちをついている間抜けな格好で曙光と対面する。

「朱熹、なぜここに」

曙光は驚いた様子で朱熹を見下ろす。

「曙光様こそ、どうして。天河国に行っていたのではないのですか？」

「今しがた帰ってきたところだ」

そう言って曙光は顔を上げ、府庫にいる陽蓮と林冲に目をやる。

林冲は椅子から立ち上がり、曙光のそばへと歩み寄った。

「陛下、わたくしは書孟と名を変えたのです。そんな大きな声で昔の呼び名を口にしないでください」

「すまない、そうであった」

林冲からたしなめられ、曙光は首をすくめた。

「だが林冲……」

「書孟」

「すまない、書孟。よい知らせがあるぞ。天河国に人質に取られていた家族全員、引き渡してもらった。皆、無事だ！」

「本当ですか！」

林冲の顔がぱっと華やぎ、そして笑顔から一転、喜びの涙が浮かんできた。

林冲は体から力が抜けたように、ガクッと跪いた。

「……ありがとうございます」

林冲は頭を床につけ、震えながら涙をこぼして言った。

「よいのだ、よく耐えたな」

曙光も膝をつき、嗚咽《おえつ》で震える林冲の背中をそっとなでた。

朱熹は唖然とこの光景を眺めていた。目の前で感動的なやり取りがなされるも、なにが起きているのかさっぱりわからなかった。

「あ、あの……曙光様、林冲は死刑になったのでは？」

朱熹の問いに、曙光は申し訳なさそうに頭を下げた。

「すまぬ、朱熹。あの時はああ言うしかなかったのだ。林冲を生かしておいたことが国内に知られれば反発は必至。それに、天河国と戦争になるか否かの大事な局面で、林冲の家族も救えるかどうかわからない極めて微妙な時期だった。朱熹に詳しく説明する時間はなかったのだ」

「ということは、曙光様はすでにすべてをご存じだったのですか？」

曙光はコクリとうなずいた。

「おかしいと思ったのだ。林冲ほど賢い男なら、あんなことでは俺は死なないとわかっていたはずだ。それに天河国への情報漏洩も、知られてもかまわないような内容しか伝えていなかった。九卿として、国が傾くような極秘事項を知っていたにもかかわらずに、だ。だから、死刑までの五日の間に林冲のことを徹底的に調べた」

だからその間宮中にいなかったのだと朱熹はわかった。

「そして、林冲は家族を人質に取られていた事実を知って、直接本人に聞いたのだ。そしたらすべてを教えてくれた。俺が予想していた通りの内容だった。国内の反発はもちろん、天河国にとっても、林冲は死刑で亡くなったことにする必要があった。なぜなら心の声が聴こえる人物が天江国にいるというのは、天河国にとって脅威となるからだ。だから、林冲は刑死したことにした」

「だから私にも、そう伝えたのですね」

朱熹は淡々と言った。

「そうだ。そしてすぐに天河国へと出立した。派閥争いで多くの兵を失った今の天河国は、少ない戦力でもつぶすことができるほど疲弊していた。だから兵を引き連れ、いつでも戦争を仕掛けることができると匂わせ、林冲の家族を引き渡してもらった。彼らにとっては、もう用のなくなった家族を引き渡すだけで、戦争を回避できるなら、いい取引だと思ったのだろう。思っていたよりもすんなり応じてもらえた」

「本当にありがとうございます」

林冲はむせび泣きながら礼を言った。

「もったいない。最小限の労力で国土を広げるチャンスだったのに」

陽蓮は腕を組みながら、ポツリと言った。

「もともと、無理やり奪い取ろうとは考えていないのです。初代国王徽鄭の時代のように、大陸がひとつになることを望んではいますが、それは国をひとつにするということではないのです。今はバラバラでいがみ合っている三つの国が力を合わせて平和に暮らしていくことが、大陸をひとつにすることになるのではないでしょうか」

「……好きにすればいい」

陽蓮は興味なさそうに吐き捨てた。

曙光は微笑み、朱熹に顔を向けた。

「そういういきさつがあって、林冲は死んだことにしたが、これまで通りそばで仕えてほしくて府庫の番をしてもらうことになった。ここなら誰も来ないし、林冲が生きていることが気づかれることはないだろうと思ってな。九卿に比べたら、やりがいがある仕事かと言われると言葉に困るのだが……」

「わたくしは気に入っておりますぞ。ここならいくら居眠りしていてもいいですからな」

ハハハと林冲は声をあげて笑った。

「林冲の鋭い読みは国の宝だ。これからも頼りにしてるぞ」

曙光の言葉に、林冲は顔が引き締まった。

「誠心誠意、この命が尽きるまで陛下に従わせていただきます」

林冲は、片方の手の平に反対の手の拳をあてる抱拳礼《ほうけんれい》のおじぎをして言った。

府庫内が温かい雰囲気に包まれた。

なんだかんだあったが、すべては丸く収まったのだ。

「あの、林冲、私、聞きたいことがあったのですが……」

「書孟、ですよ」

林冲は優しく諌《いさ》める。

「あ、書孟。書孟のご家族も心の声が聴こえるんですか？」

書孟は、にこやかに笑い首を振った。

「いいえ、聴こえるのは私だけです。私たち一族全員が心の声が聴こえるわけではないのです。百年の間に、ひとりかふたり。今の私と朱熹様のように」

朱熹の顔がぱっと輝いた。

「もしかして、もしかしたらと思っていたのですが、私たちは同じ一族なのですか？」

書孟は目を細めて朱熹を見つめた。

「ええ、そうです。私たちは親族です。三十年前、天江国皇族のもとを去った時、私たち一族も分かれました。天江国に残る者、天江国にほとほと嫌気が差して他国へ移る者。二分された私たちは、まったく別の人生を歩むことになったのです。他国に渡った私たちは、天河国に捕らわれ自由を失い、なんの因果か、再び天江国に仕えることになった。天江国に残った者たちは幸せに暮らしているのかと思いきや、残っていたのは朱熹様だけ。そして朱熹様も天江国に仕えることになった。きっとこれが私たちの運命なのでしょうね」

「私は……悪くない運命だと思っています」

「私もです。三十年前、天江国皇帝と仲たがいをした私の父に教えてあげたいです。今の皇帝は悪くないぞと」

「悪くない……これは褒められているのか？」

曙光の言葉に、朱熹と書孟は笑った。

「書孟さんのお父様は今……？」

「亡くなりました。仲たがいをして一年も経たないうちに。まあ、年も年でしたしね」

「そうだ、知りたかったことがある。女には心の声が聴こえないと皇族には言っていたそうだが、あれは女を守るためだったのか？」

曙光の問いに、書孟は少し考え込んだ。

「……極めてまれなことではあります。嘘を伝えていたのではなく、本当に遺伝していなかったのだと思います。ですが、過去に一度だけ、女の能力者がいたと聞いたことがあります。初代国王徽鄭の時代です」

それを聞いて、曙光と朱熹は鳥肌が立った。天陽大陸に平和をもたらし、民を愛した伝説の皇帝徽鄭。朱熹がいれば再び天陽大陸をひとつにし、平和な時代をつくることができるかもしれない。

驚き、言葉を失っているふたりに、書孟は優しく笑みを投げかける。

「朱熹様、落ち着きましたら、私の家族に会ってやってください」

「え……いいんですか⁉」

「もちろん、親族ですから」

天涯孤独だと思っていたのに、急に家族が増えたようなうれしさを感じた。

「それと、私のことを心の声がダダ漏れだとよく、心の中でおっしゃっていましたが、朱熹様の方が多弁ですからね。こんなに心の声をよくつぶやく方も珍しいですよ」

「ええええっ！」

胸が熱くなり感動していたところに、書孟の言葉は衝撃だった。

（心の声が聴こえる立場だったのに、聴かれていたとは！）

「勝手に人の心の声を聴かないでください！」

「聴こえるんですよ」

朱熹は顔が真っ赤になった。心の声を聴かれることがこんなに恥ずかしいことだなんて。今まで勝手に聴いていたことが申し訳なくなる。

「朱熹はどういうことをつぶやいているんだ?」

曙光が興味津々といった様子で書孟に聞く。

「駄目です！　絶対曙光様には教えないでください！」

「なんでだ」

曙光が不満げに朱熹を見つめる。

「曙光様にだけは絶対に聞かれたくないんです！」

「そんなに俺の悪口を心の中でつぶやいているのか」

曙光はショックを受けた。

「違います！　そんなわけないじゃないですか！　恥ずかしくて死にたくなります！」

「余計気になってきたぞ。書孟、ちょっとだけ教えろ」

「駄目ですから！」

書孟のそばに寄り、耳打ちで聞こうとしている曙光の体を、朱熹が必死で引っ張る。

(アホくさ……)

陽蓮は、ふたりのやり取りがいちゃついているようにしか見えず、黙ってその場を立ち去った。

その日の夜、曙光は久々に朱熹の部屋に赴いた。

「天河国から帰ってきたばかりだというのに、お疲れでしょう」

朱熹は曙光の体を気遣い、寝屋に通した。

天蓋から垂れる綾錦《あやにしき》のとばりと翠玉《すいぎょく》を連ねた紗《しゃ》の幕をめくる。

広い部屋には、ぴたりと寄り添うように並べられた、絹がふんだんに詰まった緞子の布団がふたつ。

しかしながらこれはいつもの光景である。朱熹は深い意味など持っていなかった。

純粋にゆっくり休んでほしいと思ったのだ。

一方、寝屋に案内された曙光は並んだ布団を見ながら考え込んだ。

そして、にやりと口もとに笑みを一瞬浮かべた。

「そうだな、少し横になるかな」

スタスタと歩いていき、布団の上に横になる。

その姿を見て朱熹は、安心したように微笑んだ。

「それではゆっくりとお休みください」

静かに扉を閉めようとすると、「待て」と曙光から声がかかる。

「どこに行く？」

「隣の部屋におります。用がありましたらお呼びください」

「それでは来た意味がないだろう」

曙光から言われて、それもそうかと思い直し、部屋の中へ入る。曙光が横になっている枕の横に腰を下ろし、扇子《せんす》でゆっくりと扇《あお》ぐ。

「うむ、涼しいな」

朱熹が寄せる風に前髪を揺らしながら、曙光は幸せそうに目を閉じた。

こんな静かな時間でさえ愛おしい。曙光に風を送りながら、朱熹は好きな人と共にいられる時間を噛みしめた。

「これも悪くないが、俺はこちらの方が好きだ」

そう言って曙光は上半身を起こし、朱熹の膝の上に頭をのせた。

膝枕の形となり、朱熹は驚きドキドキした。曙光は満足そうに目をつむっている。

このまま寝るつもりだろうか。朱熹は太鼓のようにドンドン鳴る心臓を押さえながら、それもいいかもしれないと思った。

愛しい人の温もりを感じられるのは、とても幸せだ。

静かな時が流れている中、突然曙光が目をつむったままぷっと笑いだした。

「どうしました？」

「いや、すまぬ。朱熹が朝廷に乗り込んできた時のことを思い出したゆえ」

朱熹もあの時のことを思い出し、顔を赤らめる。

「あの時は出すぎたまねをしてしまい申し訳ありませんでした」

威勢よく乗り込んでおきながら、なにもできなかった苦い思い出だ。

「責める気など毛頭ない。むしろ心強かったぞ。何物にも憶することなく信念のもとに行動する姿。男前であった」

「男前と言われてもうれしくありません」

朱熹は口を尖らせながら言った。好きな男から男前と言われて、喜ぶ乙女がいるだろうか。

「かっこよかった」

朱熹が不服そうなので、曙光は言い方を変えてみる。

「それも褒められている気がしません」

「それでは言い直そう」

曙光は目を開け、朱熹の瞳を真っ直ぐに見つめた。

「惚れ直した」

「惚っ……」

朱熹の顔が真っ赤に染まる。

「お戯れを……」

恥ずかしくて曙光の顔が見られない朱熹は、顔を横に背けた。

「戯れてなどいない。俺の本心だ」

曙光は起き上がり、胡坐《あぐら》をかいて朱熹と向き合う。

「どうして急にそんなことをおっしゃるのですか？」

朱熹の問いに、曙光は一瞬間を置いた。

「……覚悟ができたからだ」

「覚悟？」

朱熹は、背けていた顔を直し、曙光の目を見る。曙光の顔はどこか吹っきれたような清々しさを漂わせていた。

「俺は、覚悟を決めた。天江国の皇帝としてこの身を捧げる。そして、皆が明るく笑って暮らせるような世をつくっていきたい」

「お兄様のことはいいのですか？」

「ああ、もう待たない。というよりも、自分の力でつくりたくなったのだ。これまではどこか、皇帝という重圧から無意識に逃れようとしていたのかもしれない。朱熹から言われて、自分の本当の気持ちがわかった」

「あの時は強く言いすぎてしまい申し訳ありませんでした」

「いや、あれで目が覚めた。己の成すべき道が見えた」

曙光の言葉は頼もしく、体から自信がみなぎっているように見えた。

「それでは私も覚悟を決めます。曙光様をお支えします、どんなことがあっても」

共に、曙光の目指す国をつくりたい。曙光の理想は、朱熹の理想でもある。

誰かを守るためなら強くなれる。国の人々を守りたい。

そして、曙光を守りたい。

「ありがとう。朱熹がいてくれれば、なんでもできる気がする」

曙光はうれしそうに目を細め、朱熹の頬をなでた。

「それともうひとつ、吹っきれたことがある」

「なんですか？」

朱熹は不思議そうに小首をかしげた。

その姿があまりにもかわいかったものだから、曙光は無防備な朱熹の唇を奪う。軽く唇が触れ、すぐに離される。

「な、なな、な……」

驚いて目をしばたたいている朱熹に、曙光は悪戯な笑みを浮かべる。

『かわいいな、かわいすぎる』

曙光の心の声が聴こえてくる。

けれど、胸に直接響くように聴こえているわけではないので、心の中でただつぶやいているだけだ。

「あの、曙光様、心の声が聴こえております」

「うむ」

『もう一度、口づけしたら怒られるかな』

またしても、心の声が聴こえてくる。

「あ、あ、あのっ！」

『好きだ』

「え、え、ええと、これはいったい……」

『大好きだ。愛しい気持ちがあふれて止まらない』

曙光の心の声がどんどん聴こえてくる。

しかもすべてが愛の告白。朱熹は顔を真っ赤に染めながら、どうしていいのかわからなくなった。

「待ってください！　これはなんの冗談ですか？」

「冗談などではない。俺の心の声。つまりは本心だ」

「でも、曙光様は心の声を操れるではありませんか！」

林冲も朱熹が心の声を聴けることがわかっているから、本心は隠しわざと心の声をつぶやき朱熹に聴かせていた。心の声が操れる者にとって、心の声でつぶやくのと口に出して声を発するのは大差がない。

「そうだが、これが俺の偽らざる心の声だ。もう朱熹への思いを隠したり、押し殺したりなどせぬ」

朱熹は、以前に曙光が漏らした心の声を聴いている。あれは、理性では抑えることのできない、湧き上がる強烈な思いを発した時に聴こえる声だった。

胸に直接響くような心の声。曙光はたしかに『愛している……』と言った。

「どうして急に……」

「皇帝として生きる決心をした。皇帝の大事な役割のひとつに世継ぎをつくる仕事がある。幸いなことに、俺にはすでに最高にして最愛の皇后がいる。だが彼女は本意で皇后となったのではない。だから俺は、全力で口説き落とそうと思う」

曙光は真っ直ぐな眼差しで、誠実に朱熹に語りかける。

「愛している、朱熹。これからは心の声を抑えたりなどしない」

曙光は朱熹の手を取り、自分の胸にあてさせた。

『君より大事なものなどない。絶対に君を幸せにしてみせる』

胸に響く心の声だった。

曙光の気持ちが苦しいほど伝わってきて、朱熹は涙があふれてきた。

こんなにも大事に思われていたことを知る。こんなにも愛されていたことを知る。

曙光の思いは、とても深く、胸が締めつけられるくらい朱熹への気持ちでいっぱいだった。

涙が止めどなくあふれている朱熹を、曙光はそっと抱き寄せる。曙光の胸に抱かれながら、朱熹はまぶたを閉じる。幸せな充足感。そして愛おしさとやすらぎに包まれているようだ。

彼なら大丈夫。彼と一緒なら、どんな苦難でも乗り越えられる。

ずっと朱熹を思い、守り続けてくれるだろう。そう信じられる安心感が曙光にはあった。

「私の心の声も曙光様に聴こえたらいいのに……」

「昼間、あれほど聴かれたくはないとわめいておったではないか」

「だって、恥ずかしかったのです。私の心の中は曙光様でいっぱいですから」

「え……？」

朱熹は、顔を上げて、曙光を見つめた。

「口説き落とそうなんてしなくても、もう落ちております」

曙光はとても驚いた顔をして固まった。

「どうして気づかないのですか？　鈍感にもほどがあります」

朱熹は気持ちを伝えたことが照れくさくて、自分を棚に上げて言った。

『鈍感なのはお互い様だろう』

「心の声が聴こえておりますよ」

ふたりは見つめ合って、ぷっと噴き出した。

そして曙光はこれまでの思いをぶつけるように、力強く朱熹を抱きしめた。

「国一番の夫婦となろう」

「はい」

「後世に比翼連理《ひよくれんり》といわれるような」

「はい」

「子供もたくさんつくろう」

曙光は真剣な面持ちで言った。朱熹は少し照れくさくなりながらも、笑って答える。

「はい」

ふたりは微笑み合った。

『愛している』

曙光の心の声が聴こえてきた。とてもうれしいけれど、そういう大事なことは言葉にして伝えてほしいと少しばかりの欲が出る。すると、まるで朱熹の心の声が聴こえたかのように、曙光が「愛している」と声に出して伝えてきた。

驚く朱熹に、曙光は不思議そうな顔を見せる。

「どうした？」

「私の心の声、聴こえたのですか？」

「いや、俺に聴こえるはずがないだろう。なんと心の中で言ったのだ？」

それもそうかと思い、朱熹は微笑んで答えた。

「私も愛していますと、言ったのですよ」

――こうして、後世に比翼連理と称される夫婦が、ようやく互いの思いを知り、本当の夫婦としての第一歩を踏み出した。

今はまだ互いに自身の成すべきことを自覚したばかりで未熟であるふたりだが、今後、後世に燦然と輝く功績を残す。

しかしながら、それを成し遂げるまでに起こる幾多の困難は、まだ始まったばかりである。

特別書き下ろし番外編

豪華絢爛で広大な宮殿である紫禁城に、数万の臣下が整然と並んでいる。

これほど多くの群臣がなぜ一堂に集っているのか。それは、陰暦の毎月十六日の早朝に行われる朝礼に、皇帝がお出ましになるからである。

「跪《ひざまず》け！」

役人がよく通る声で号令すると、群臣は一斉に跪いた。

「叩頭《こうとう》せよ」

群臣は三跪九叩頭《さんききゅうこうとう》をした後、朝廷の殿上に立たれた皇帝の尊顔を目に焼きつけるように見つめた。

威風堂々とした佇まいの皇帝の隣には、若く麗しい皇妃がそっと立っている。

朝礼の場に皇妃が立ち会うのは異例であるが、皇帝が隣に立つことを許可したという事実は、皇妃がいかに大切にさせているか世に示す役割を果たした。

朝礼が滞りなく終わると、宮城の外の市場の門が開いた。

皇帝が下がると、朱熹もそのうしろに付き従う。

『女がなぜ朝廷の場に……。図々しいにもほどがある、身のほどをわきまえろ。しかし曙光様がお許しになっているのだから、きっと深い意味があるのだろう。それにこの皇妃は、数多くの臣下の秘密を握っているとの噂がある。敵に回したら恐ろしいぞ』

臣下たちの心の声に、朱熹は気持ちが悪くなりそうだった。よく思われていないことはわかっているが、直接悪意のある心の声を聴いてしまうと気が滅入る。

（なめられていないだけましだと思いましょう。臣下の信頼を得るには、実力不足であることは事実なんだから。しっかり勉強しなくちゃ）

心の声が聴こえるおかげで、朱熹は臣下の秘密を握り朝廷に出入りできるようになった。しかし、表立って非難されないだけで受け入れられているわけではない。秘密を知っているということもあるが、曙光が臣下たちに絶大なる信頼を得ているから朝廷に入れているのだ。朱熹も力で抑えるのではなく、曙光のように臣下から信頼を勝ち得る存在になりたいと思うのであった。

朱熹が下を向きながら歩いていると、曙光がその様子に気がついた。

「どうした朱熹、気分でも悪いのか？」

心配そうに小首を傾げる曙光に、朱熹はハッとして顔を上げた。

「いいえ、大丈夫です。緊張してしまっただけでございます」

「そうか」

曙光は安心したのか頬を緩ませた。

『緊張している朱熹もかわいいな』

曙光の心の声が聴こえて、朱熹は驚いた。

「どういったお戯れですか？」

「なんのことだ？」

『昨夜もずっと一緒だったが、早く夜が来ればいいのに。朱熹のそばにずっといたい』

「いや、だから、あの……」

曙光の心の声に朱熹は戸惑ってしまった。しかも、内容が甘い言葉なだけに。

『早く朱熹を抱きたい』

「しょ、曙光様っ！」

朱熹は真っ赤になって曙光を諫める。周りから見れば、曙光はなにも変なことは言っていない。変に見えるのは朱熹の方だ。

「朱熹を想う気持ちが強すぎて、うっかり出てしまうようだ」

恥ずかしがる朱熹がかわいくて、曙光はつい本音を漏らす。意地悪をしているつもりなどない。嘘偽りのない心からの気持ちである。

「うっかりじゃないですよね、絶対わざとですよね！」

「嫌か？」

「嫌な……わけじゃなくて……」

『かわいいな、朱熹は。この場で口づけしたい』

「曙光様！」

朱熹は顔を真っ赤にさせながら両手で顔を覆った。こんなにたくさんの臣下がいる前で口づけなど、恥ずかしくて気絶してしまいそうだ。

「ははは、夜までお預けだな」

曙光は笑いながら、臣下を引き連れて政務室へと歩いていった。政務の場にはさすがに朱熹は行けないので、ここでお別れだ。

遠ざかる曙光のうしろ姿を見つめながら、早く夜になればいいのにと思う朱熹であった。


朱熹はそれから後宮へは戻らず、府庫に行った。

うたた寝をしている書孟の横を通り、書物を数冊抱えて屋上へと急ぐ。

外に出ると、優しい革胡の音色が風に揺られていた。木々の葉が踊るようにそよぎ、小鳥たちはうれしそうに小首を傾げて聞いている。

(やはり陽蓮さんは天才だわ)

自分で一から作り上げた楽器で、最高の演奏を成しえる。

曙光から聞いた話によると、陽蓮は武術の訓練をほとんどしていないにもかかわらず、どんな屈強な男であっても一撃で倒せるらしい。

というのも、人体の経穴を熟知しているので、小さな力で的確に急所を突き、一時的に動けなくしたり気絶させたりすることも可能だとか。

さらに最近朱熹は陽蓮に歴史や政治などの勉学を教わっているのだが、博識なのは当然のこと、府庫にある本のすべてを暗記しているのだ。なんでも、一度読めば覚えてしまうとのことらしい。曙光が『兄には勝てない』と思ってしまうのも、今ならわかる気がする朱熹であった。

陽蓮の演奏が終わるのを待って、朱熹は声をかけた。

「陽蓮さん、素晴らしい演奏でした。また腕を上げましたね」

朱熹が心からの賛辞の言葉をかけると、陽蓮は少し浮かない表情を浮かべた。

「革胡はなかなか完璧に弾けなくておもしろかったんだけどな……」

朱熹が陽蓮のこぼした言葉の意味を考えあぐねていると、陽蓮はすぐに話を変えた。

「今日も勉強しに来たの？　熱心だね」

「はい、陽蓮師匠、お願いします！」

「師匠だなんてやめてよ」

陽蓮は困ったように笑った。

陽蓮に様々なことを教えてもらううちにすっかり仲良くなった。たまになにを考えているかわからない時があるが、そもそも天才だから常人には理解できないのだろうと思っている。

「今日もひとりで来たの？」

「はい、付き添い人がいると気を遣ってしまって集中して勉強できませんから」

「ふーん」

陽蓮はまるで興味なさそうに相槌を打った。

「それより今日は、天江国の成り立ちの物語について教えてください！」

「いいよ、歴史を学ぶことは現世の政治に役に立つ。特に戦を起こす時は重要だ。国の成り立ちはすなわち地政学に精通する」

「はい！　お願いします」

朱熹は地面に抱えてきた書物を広げた。陽蓮はなにも見ずにすらすらと、まるで歌うように天江国の歴史を語りだした。

（陽蓮さんは、やっぱり天才だわ）

陽蓮の深い知識に、ゾクッと寒気に似た感動が湧き上がってきた。

陽蓮は一通り話し終えると、ふたつ三つ朱熹に質問を投げかけた。朱熹がそれらに対して的確に自分の意見を述べると、陽蓮は満足気に微笑んだ。

「うん、さすがだね。要点をしっかり押さえているし、考えも論理だっている」

「ありがとうございます。陽蓮さんの教え方がわかりやすいから勉強していて楽しいです」

「曙光と朱熹ちゃんはいい為政者になると思うよ」

「陽蓮さんにそう言っていただけるとうれしいです」

朱熹は素直に喜んだ。陽蓮のすごさが身に染みてわかってきた今、陽蓮は朱熹にとって尊敬すべき目標の人だからだ。

微笑み合っていると、急に陽蓮が真剣な表情になった。なにかが聞こえたのか、顔を傾け、じっと耳をそばだてている。

「どうしました？」

朱熹が問いかけると、陽蓮は悪戯っぽく微笑んだ。

「朱熹ちゃんってさ、だんだんかわいくなってきたよね」

「な、なにを言い出すんですか、急に！」

普段はそういうことをまったく言わない陽蓮だけに、無性に恥ずかしくなって顔が赤くなった。

「ねえ、もうちょっと顔を近づかせてよく見せてよ」

陽蓮は蠱惑《こわく》的な眼差しで朱熹を見つめながら、顔を徐々に近づけてくる。体中から色気をあふれさせ、誘うような声色で近づいてくる陽蓮に、思わずドキドキしてしまう。

普段は陽蓮を男として意識していないだけに、急に女性として扱われるとどうしていいかわからない。

「あ、あ、あの、こ、こ、困ります……」

後ずさりながら、必死で拒もうとしている朱熹に、陽蓮はさらに攻め立てる。

「真っ赤だよ。かわいい、照れてるの？」

ぐいっと顔が近づいた時、朱熹は恥ずかしさよりも恐怖を感じた。

（嫌だ……怖い、曙光様っ！）

その時、扉から大きな黒いなにかが突進してきて、陽蓮を突き飛ばした。

「朱熹！　大丈夫か⁉」

聞き慣れた声に、朱熹が驚いて顔を上げると、そこには曙光がいた。

「曙光様っ！」

（助けに来てくれた！）

心の中で名前を呼んだ相手が、実際に現れてくれたので、朱熹は嬉しさで思わず曙光に抱きついた。

心配と怒りで気が立っていた曙光だったが、朱熹に抱きしめられて思わず顔が緩む。

「もう大丈夫だ、怖かったであろう」

大きな体で朱熹を包むように抱きしめた曙光は、優しい声で朱熹の頭を撫でる。

「ありがとうございます……」

曙光の香りに包まれて、朱熹はだんだんと緊張がほぐれていく。

(曙光様が来てくれた、嬉しい……)

曙光をぎゅっと抱きしめ、幸せな安心感に包まれる。

「痛いよ、曙光。やりすぎだ」

突き飛ばされて床に倒れていた陽蓮が起き上がって言った。

「いくら兄上といえど、朱熹に手を出すことは許しません」

曙光は朱熹を抱きしめながら、厳しい眼差しを陽蓮に向けた。

「冗談だよ。曙光が府庫に来たことに気がついたから、ちょっと悪戯しただけだよ」

(冗談？　そういえば陽蓮さんがおかしなことを言い出す前に、耳をそばだてていたわ)

朱熹は陽蓮が嘘を言っているわけではないとわかって安心したが、曙光は冗談と聞いても怒りが収まらない。

「兄上からはたくさん悪戯されてきましたが、今回のことはさすがに許せません」

「あはは、本気で怒っているね。どんな悪戯を仕掛けても、いつも苦笑いで許してくれたのに。朱熹ちゃんがそんなに大切なんだ」

「はい。どんな理由があろうとも、誰であっても、朱熹に指一本触れることですら許しません」

怒りを露わにする曙光の言葉は、まるで愛の告白のように聞こえて、朱熹は顔が少し赤くなった。

「はいはい、悪かったよ。もうしない。でも、そんなに朱熹ちゃんが大事ならもっと警備に力を入れた方がいいんじゃない？　なにかあってからじゃ遅いよ」

陽蓮に対してまだ怒りが収まらない曙光だったが、陽蓮の言うことはもっともなので押し黙った。


その晩、朱熹のもとを訪れた曙光は、いつもより落ち着かない様子だった。

一献を傾け、長いため息を漏らすと、覚悟を決めたように話を切り出した。

「宦官制度を復活させようかと思っている」

突然政治の話をしだしたので朱熹は驚いた。

「宦官制度？　曙光様は宦官がお嫌いではありませんでしたか？」

「宦官が嫌いというか、あの非人道的なやり方が好きではないのだ。親に売られたり人攫いにあって宦官になった者もおるし、長い歴史を見ると宦官制度自体が、政治腐食の原因になっている」

「ではなぜ……」

曙光は言いにくそうに視線を外した。

「後宮にはやはり、宦官が必要だからだ」

「……それは、私の身を守るためですか？」

朱熹は、今日の出来事を思い出していた。いくら陽蓮とはいえ、冗談が悪趣味すぎる。加えて、その悪戯がもとで宦官制度を復活させようは、いくらなんでもやりすぎではないだろうかと朱熹は思った。

「……そうだ。朱熹が後宮の外を歩くのであれば、宦官は必要だと思う」

朱熹はしばらく黙り込んだ。

自らの自由を得たいがために、犠牲になる者を作るのは嫌だ。しかし朱熹の能力を生かすためには、後宮を出なくてはいけない。今後、外交の場に出ることもあるだろう。その時、朱熹の身を守る者の存在は絶対にいる。だが、それが男であった場合、どんなに信用している人物だったとしても、間違いが起こらない確証はないのだ。

「そのことについては、私もずっと考えておりました。庶民育ちゆえ、自らの身を守ることの重要性を軽く考えていました。今後は私の身を守る者を付き従えなければいけないと思っています。ただ、それは、男でなければいけないことですか？」

「……どういうことだ？」

「女では駄目なのですか？」

「だが、なにかあった時、守れないと……」

「武芸に秀でた女はいるではありませんか。たとえば、今香とか。わざわざ武芸に秀でた男を宦官としなくてもよいのではないですか？」

曙光は、なるほどと思った。しかし、最大の懸念は……。

「女を朝廷に入れることを反対する勢力がいる」

皇后でさえ嫌がっている者が多いのだ。皆を説得するのは難儀に思えた。

「私、歴史を勉強していて思ったのです。意外となんでもありなんだなと。皇帝が変われば制度も変わる。世襲や伝統って少ないのだなって。ですから、女が自由に後宮を出る制度にしても問題はないのではないかと」

「うむ……」

一理ある。そもそも、女が朝廷に出入りできない制度自体がおかしいのではないかと曙光は思った。害のある制度であればなくしてしまうのも皇帝の責務ではないか。

「そうだな。朱熹の言う通りかもしれない」

曙光はにこりと笑った。つられて朱熹も微笑む。

「朱熹に近づく兄上を見たとき、怒り狂いそうになった。自分に、こんな激しい気持ちがあるとは知らなかった」

「曙光様……」

「どうやら俺は、朱熹のことになると冷静でいられず、我を失ってしまうらしい」

冷静でいられなかった自分を恥じるように、曙光はつらそうに笑った。

その笑顔を見て、朱熹は胸がぎゅっと締めつけられた。

(心の声を聴かなくてもわかる、曙光様の気持ち……。私はとても愛されている。きっと私になにかあったら、曙光様はとても悲しむ。自分のこと以上に心を痛めるわ。曙光様のためにも、私は自分を大切にしなくちゃ)

「私、ずっとそばにいます」

朱熹の言葉に、曙光は嬉しそうに目を細め、自分の胸に朱熹を包み込むように抱きしめた。

「曙光様のことがとても大事だから、自分のことも大事にします」

曙光は朱熹の頭を撫でながら微笑んだ。

「それは嬉しい。朱熹が自分のことを大事にしてくれると安心できる」

「曙光様……」

「ん？」

「私の心の声も曙光様に聴こえたらいいのに……」

「俺への思いでいっぱいなんだろう？　心の声でなくても、朱熹の口から直接聞きたいものだな」

「む、無理です！　恥ずかしすぎます！」

「ますます聞いてみたくなった。恥ずかしくなるようなことを考えているわけだ」

　朱熹は真っ赤になって俯いた。

「そういうことではなくて……」

「照れる朱熹も、かわいいな」

　曙光は、朱熹の顎を指で押し上げ、強引に口づけした。

『愛している、朱熹』

　胸に直接響くような曙光の心の声。

『この命が果てるまで、朱熹だけを愛する。朱熹以外、愛せない』

　あふれるような強い思いは、心の声を封じたとしても聴こえてしまう。

　口づけが激しさを増し、曙光の重みに自然と背中が床につく。

（この命が果てるまで、私も曙光様だけを愛し続けます）

　夜の帷《とばり》は、まだ下りたばかりだった。


【完】

あとがき

本作をお手に取っていただき、誠にありがとうございます。

この物語は、二〇一九年に『なりゆき皇妃の異世界後宮物語』という題名でベリーズ文庫から出版されたものを改稿したものです。

番外編も新たに書き加え、本編の内容も進化し、より楽しんでいただける内容に仕上がったのではないでしょうか。

本格的に小説を書くのは三年ぶりくらいだったので、今さら書けるのか不安だったのですが、以前よりも執筆スピードが上がっていて驚きました。忘れていないものですね。

今回、数年前の作品を見つけ出してくれて、新たな出版の機会を与えてくださった三井様には大変感謝しております。

小説を書く楽しさを再び味わうことができたので、調子に乗ってまた書いてみようかな、なんて思っている次第です。

後宮のファンタジー小説は、一番好きなジャンルです。調べれば調べるほど魅力に陥り、沼にはまっていきます。それはまるで、猫のツンデレ具合にはまる下僕のようです。あ、最近猫を飼ったんです、しかも二匹。犬派だったのですが、子供が犬アレルギーを持っていたので猫を飼うことにしたのですが、猫も最高ですね。可愛いですね、たまらんですね。

すみません、脱線しました。

最後に、本作に携わっていただいた方に感謝の言葉を述べさせてください。表紙絵を描いてくださったボダックス様、お忙しい中素敵なイラストに仕上げてくださり、本当にありがとうございました。

そして、前述でも触れた担当の三井様。毎回、的確な意見をくださり、とても頼りになりました。

他にもこの作品に携わっていただいたたくさんの方々に、心からのお礼を申し上げます。

ありがとうございました。（最敬礼）

及川《おいかわ》桜《さくら》

この物語はフィクションです。実在の人物、団体等とは一切関係がありません。

本作は二〇一九年一月に小社・ベリーズ文庫『なりゆき皇妃の異世界後宮物語』として刊行されたものに、一部加筆・修正したものです。

及川桜先生へのファンレターのあて先
〒104-0031　東京都中央区京橋1-3-1　八重洲口大栄ビル7F
スターツ出版（株）書籍編集部 気付
及川桜先生

後宮異能妃のなりゆき婚姻譚
～皇帝の心の声は甘すぎる～

2022年10月28日　初版第1刷発行

著　者　　及川桜　

発 行 人　菊地修一
デザイン　カバー　北國ヤヨイ（ucai）
　　　　　フォーマット　西村弘美
発 行 所　スターツ出版株式会社
　　　　　〒104-0031
　　　　　東京都中央区京橋1-3-1　八重洲口大栄ビル7F
　　　　　出版マーケティンググループ　TEL 03-6202-0386
　　　　　（ご注文等に関するお問い合わせ）
　　　　　URL　https://starts-pub.jp/
印 刷 所　大日本印刷株式会社

Printed in Japan

ISBN　978-4-8137-1342-5　C0193

スターツ出版文庫　好評発売中!!

『壊れそうな君の世界を守るために』　小鳥居《ことりい》ほたる・著

高校二年、春。杉浦鳴海は、工藤春希という見知らぬ男と体が入れ替わった。戸惑いつつも学校へ登校するが、クラスメイトの高槻天音に正体を見破られてしまう。秘密を共有した二人は偽の恋人関係となり、一緒に元の体へ戻る方法を探すことに。しかし入れ替わり前の記憶が混濁しており、なかなか手がかりが見つからない。ある時過去の夢を見た鳴海は、幼い頃に春希と病院で出会っていたことを知る。けれど天音は、何か大事なことを隠しているようで…。ラストに明かされる、衝撃的な入れ替わりの真実と彼の嘘とは──。

ISBN978-4-8137-1284-8／定価748円（本体680円+税10%）

『いつか、君がいなくなってもまた桜降る七月に』　八谷《はちや》紬《つむぎ》・著

交通事故がきっかけで陸上部を辞めた高２の華。趣味のスケッチをしていたある日、不思議な少年・芽吹が桜の木から転がり落ちてきて毎日は一変する。翌日「七月に咲く桜を探しています」という謎めいた自己紹介とともに転校生として現れたのはなんと芽吹だった──。彼と少しずつ会話を重ねるうちに、自分にとって大切なものはなにか気づく。次第に惹かれていくが、彼はある秘密を抱えていた──。別れが迫るなか華はなんとか桜を見つけようと奔走するが…。時を超えたふたりの恋物語。

ISBN978-4-8137-1287-9／定価693円（本体630円+税10%）

『龍神と許嫁の赤い花印～運命の証を持つ少女～』　クレハ・著

天界に住まう龍神と人間である伴侶を引き合わせるために作られた龍花の町。そこから遠く離れた山奥で生まれたミト。彼女の手には、龍神の伴侶の証である椿の花印が浮かんでいた。本来、周囲から憧れられる存在にも関わらず、16歳になった今もある事情で村の一族から虐げられる日々が続き…。そんなミトは運命の相手である同じ花印を持つ龍神とは永遠に会えないと諦めていたが──。「やっと会えたね」突然現れた容姿端麗な男・波琉こそが紛れもない伴侶だった。『鬼の花嫁』クレハ最新作の和風ファンタジー。

ISBN978-4-8137-1286-2／定価649円（本体590円+税10%）

『鬼の若様と偽り政略結婚～十六歳の身代わり花嫁～』　編乃《あみの》肌《はだ》・著

時は、大正。花街の料亭で下働きをする天涯孤独の少女・小春。ところがその料亭からも追い出され、華族の当主の女中となった小春は、病弱なお嬢様の身代わりに、女嫌いと噂の実業家・高良のもとへ嫁ぐことに。破談前提の政略結婚、三か月だけ花嫁のフリをすればよかったはずが──。彼の正体が実は“鬼”だという秘密を知ってしまい…⁉　しかし、数多の縁談を破談にし、誰も愛さなかった彼から「俺の花嫁はお前以外考えられない」と、偽りの花嫁なのに、小春は一心に愛を注がれて──。

ISBN978-4-8137-1285-5／定価649円（本体590円+税10%）

スターツ出版文庫　好評発売中!!

『君はきっとまだ知らない』　汐見《しおみ》夏衛《なつえ》・著

夏休みも終わり新学期を迎えた高１の光夏。六月の“あの日”以来ずっとクラス中に無視され、息を殺しながら学校生活を送っていた。誰からも存在を認められない日々に耐えていたある日、幼馴染の千秋と再会する。失望されたくないと最初は辛い思いを隠そうとするが、彼の優しさに触れるうち、堰を切ったように葛藤を打ち明ける光夏。思い切って前に進もうと決心するが、光夏は衝撃のある真実に気づき…。全ての真実を知ったとき、彼女に優しい光が降り注ぐ――。予想外のラストに号泣必至の感動作。

ISBN978-4-8137-1256-5／定価660円（本体600円+税10%）

『青い風、きみと最後の夏』　水瀬《みなせ》さら・著

中３の夏、バスの事故で大切な仲間を一度に失った夏瑚。事故で生き残ったのは、夏瑚と幼馴染の碧人だけだった。高校生になっても死を受け入れられず保健室登校を続ける夏瑚。そんなある日、事故以来疎遠だった碧人と再会する。「逃げるなよ。俺ももう逃げないから」あの夏から前に進めない夏瑚に、唯一同じ苦しみを知る碧人は手を差し伸べてくれて…。いつしか碧人が特別な存在になっていく。しかし夏瑚には、彼に本当の想いを伝えられないある理由があって――。ラスト、ふたりを救う予想外の奇跡が起こる。

ISBN978-4-8137-1257-2／定価649円（本体590円+税10%）

『今宵、狼神様の契約花嫁が身籠りまして』　三沢《みさわ》ケイ・著

恋愛未経験で、平凡OLの陽茉莉には、唯一あやかしが見えるという特殊能力がある。ある日、妖に襲われたところを完璧エリート上司・礼也に救われる。なんと彼の正体は、オオカミの半妖（のち狼神様）だった⁉　礼也は、妖に怯える陽茉莉に「俺の花嫁になって守らせろ」と言い強引に“契約夫婦”となるが…。「怖かったら、一緒に寝てやろうか？」ただの契約夫婦のはずが、過保護に守られる日々。――しかも、満月の夜は、オオカミになるなんて聞いてません！

ISBN978-4-8137-1259-6／定価682円（本体620円+税10%）

『偽りの後宮妃寵愛伝～一途な皇帝と運命の再会～』　皐月《さつき》なおみ・著

孤児として寺で育った紅華。幼いころに寺を訪れた謎の青年・晧月と出会い、ふたりは年に一度の逢瀬を重ね、やがて将来を誓い合う。しかしある日、父親が突然現れ、愛娘の身代わりに後宮入りするよう命じられてしまい…。運命の人との将来を諦めきれぬまま後宮入りすると、皇帝として現れたのは将来を誓った運命の人だった――。身分差の恋から、皇帝と妃としての奇跡の再会に、ふたりは愛を確かめ合うも、呪われた後宮の渦巻く陰謀がふたりを引き裂こうとしていた。ふたりの愛の行く末は⁉

ISBN978-4-8137-1258-9／定価671円（本体610円+税10%）

書店店頭にご希望の本がない場合は、書店にてご注文いただけます。